茶馆

老舍 著

浙江人民出版社

只 为 优 质 阅 读

目录

话剧卷

散文卷

话剧卷

茶　馆

（三幕话剧）

人物表

王利发——男。最初与我们见面，他才二十多岁。因父亲早死，他很年轻就做了裕泰茶馆的掌柜。精明、有些自私，而心眼不坏。

唐铁嘴——男。三十来岁。相面为生，吸鸦片。

松二爷——男。三十来岁。胆小而爱说话。

常四爷——男。三十来岁。松二爷的好友，都是裕泰的主顾。正直，体格好。

李　三——男。三十多岁。裕泰的跑堂的。勤恳，心眼好。

二德子——男。二十多岁。善扑营当差。

马五爷——男。三十多岁。吃洋教的小恶霸。

刘麻子——男。三十来岁。说媒拉纤，心狠意毒。

康　六——男。四十岁。京郊贫农。

黄胖子——男。四十多岁。流氓头子。

秦仲义——男。王掌柜的房东。在第一幕里二十多岁。阔少，后来成了维新的资本家。

老　人——男。八十二岁。无依无靠。

乡　妇——女。三十多岁。穷得出卖小女儿。

小　妞——女。十岁。乡妇的女儿。

庞太监——男。四十岁。发财之后，想娶老婆。

小牛儿——男。十多岁。庞太监的书童。

宋恩子——男。二十多岁。老式特务。

吴祥子——男。二十多岁。宋恩子的同事。

康顺子——女。在第一幕中十五岁。康六的女儿。被卖给庞太监为妻。

王淑芬——女。四十来岁。王利发掌柜的妻。比丈夫更公平正直些。

巡　警——男。二十多岁。

报　童——男。十六岁。

康大力——男。十二岁。庞太监买来的义子，后与康顺子相依为命。

老　林——男。三十多岁。逃兵。

老　陈——男。三十岁。逃兵。老林的把弟。

崔久峰——男。四十多岁。做过国会议员，后来修道，住在裕泰附设的公寓里。

军　官——男。三十岁。

王大拴——男。四十岁左右，王掌柜的长子。为人正直。

周秀花——女。四十岁。大拴的妻。

王小花——女。十三岁。大拴的女儿。

丁　宝——女。十七岁。女招待。有胆有识。

小刘麻子——男。三十多岁。刘麻子之子，继承父业而发展之。

取电灯费的——男。四十多岁。

小唐铁嘴——男。三十多岁。唐铁嘴之子，继承父业，有做天师的愿望。

明师傅——男。五十多岁。包办酒席的厨师傅。

邹福远——男。四十多岁。说评书的名手。

卫福喜——男。三十多岁。邹的师弟，先说评书，后改唱京戏。

方　六——男。四十多岁。打小鼓的，奸诈。

车当当——男。三十岁左右。买卖现洋为生。

庞四奶奶——女。四十岁。丑恶，要做皇后。庞太监的四侄媳妇。

春　梅——女。十九岁。庞四奶奶的丫鬟。

老　杨——男。三十多岁。卖杂货的。

小二德子——男。三十岁。二德子之子，打手。

于厚斋——男。四十多岁。小学教员，王小花的老师。

谢勇仁——男。三十多岁。与于厚斋同事。

小宋恩子——男。三十来岁。宋恩子之子，承袭父业，做特务。

小吴祥子——男。三十来岁。吴祥子之子，世袭特务。

小心眼——女。十九岁。女招待。

沈处长——男。四十岁。宪兵司令部某处处长。

茶客若干人，都是男的。

茶房一两个，都是男的。

难民数人，有男有女，有老有少。

大兵三五人，都是男的。

公寓住客数人，都是男的。

押大令的兵七人，都是男的。

宪兵四人。男。

傻　杨——男。数来宝的。

第一幕

时　间　一八九八年（戊戌）初秋，康梁等的维新运动失败了。早半天。

地　点　北京，裕泰大茶馆。

人　物　王利发　刘麻子　庞太监　唐铁嘴　康　六　小牛儿　松二爷　黄胖子　宋恩子　常四爷　秦仲义　吴祥子　李　三　老　人　康顺子　二德子　乡　妇　茶客甲、乙、丙、丁　马五爷　小　妞　茶房一二人

幕启：这种大茶馆现在已经不见了。在几十年前，每城都起码有一处。这里卖茶，也卖简单的点心与菜饭。玩鸟的人们，每天在遛够了画眉、黄鸟等之后，要到这里歇歇腿，喝喝茶，并使鸟儿表演歌唱。商议事情的，说媒拉纤的，也到这里来。那年月，时常有打群架的，但是总会有朋友出头给双方调解；三五十口子打手，经调人东说西说，便都喝碗茶，吃碗烂肉面（大茶馆特殊的食品，价钱便宜，做起来快当），就可以

化干戈为玉帛了。总之，这是当日非常重要的地方，有事无事都可以来坐半天。

在这里，可以听到最荒唐的新闻，如某处的大蜘蛛怎么成了精，受到雷击。奇怪的意见也在这里可以听到，像把海边上都修上大墙，就足以挡住洋兵上岸。这里还可以听到某京戏演员新近创造了什么腔儿，和煎熬鸦片烟的最好的方法。这里也可以看到某人新得到的奇珍——一个出土的玉扇坠儿，或三彩的鼻烟壶。这真是个重要的地方，简直可以算作文化交流的所在。

我们现在就要看见这样的一座茶馆。

一进门是柜台与炉灶——为省点事，我们的舞台上可以不要炉灶；后面有些锅勺的响声也就够了。屋子非常高大，摆着长桌与方桌，长凳与小凳，都是茶座儿。隔窗可见后院，高搭着凉棚，棚下也有茶座儿。屋里和凉棚下都有挂鸟笼的地方。各处都贴着“莫谈国事”的纸条。

有两位茶客，不知姓名，正眯着眼，摇着头，拍板低唱。有两三位茶客，也不知姓名，正入神地欣赏瓦罐里的蟋蟀。两位穿灰色大衫的——宋恩子与吴祥子，正低声地谈话，看样子他们是北衙门的办案的（侦缉）。

今天又有一起打群架的，据说是为了争一只家鸽，惹起非用武力解决不可的纠纷。假若真打起来，非出人命不可，因为被约的打手中包括着善扑营的哥儿们和库兵，身手都十分厉害。好在，不能真打起来，因为在双方还没把打手约齐，已有人出面调停了——现在双方在这里会面。三三两两的打手，都横眉立目，短打扮，随时进来，往后院去。

马五爷在不惹人注意的角落，独自坐着喝茶。

王利发高高地坐在柜台里。

| 唐铁嘴趿拉着鞋，身穿一件极长极脏的大布衫，耳上夹着几张小纸片，进来。

王利发　唐先生，你外边遛遛吧！

唐铁嘴　〔惨笑〕王掌柜，捧捧唐铁嘴吧！送给我碗茶喝，我就先给您相相面吧！手相奉送，不取分文！〔不容分说，拉过王利发的手来〕今年是光绪二十四年，戊戌。您贵庚是……

王利发　〔夺回手去〕算了吧，我送给你一碗茶喝，你就甭卖那套生意口啦！用不着相面，咱们既在江湖内，都是苦命人！〔由柜台内走出，让唐铁嘴坐下〕坐下！我告诉你，你要是不戒了大烟，就永远交不了好运！这是我的相法，比你的更灵验！

| 松二爷和常四爷都提着鸟笼进来，王利发向他们打招呼。他们先把鸟笼子挂好，找地方坐下。松二爷文绉绉的，提着小黄鸟笼；常四爷雄赳赳的，提着大而高的画眉笼。茶房李三赶紧过来，沏上盖碗茶。他们自带茶叶。茶沏好，松二爷、常四爷向邻近的茶座让了让。

松二爷
常四爷　您喝这个！〔然后，往后院看了看〕

松二爷　好像又有事儿？

常四爷　反正打不起来！要真打的话，早到城外头去啦。到茶馆来干吗？

| 二德子，一位打手，恰好进来，听见了常四爷的话。

二德子　〔凑过去〕你这是对谁甩闲话呢？

常四爷　〔不肯示弱〕你问我哪？花钱喝茶，难道还叫谁管着吗？

松二爷　〔打量了二德子一番〕我说这位爷，您是营里当差的吧？来，坐下喝一碗，我们也都是外场人。

二德子　你管我当差不当差呢！

常四爷　要抖威风，跟洋人干去，洋人厉害！英法联军烧了圆明园，尊家吃着官饷，可没见您去冲锋打仗！

二德子　甭说打洋人不打，我先管教管教你！〔要动手〕

| 别的茶客依旧进行他们自己的事。王利发急忙跑过来。

王利发　哥儿们，都是街面上的朋友，有话好说。德爷，您后边坐！

| 二德子不听王利发的话，一下子把一个盖碗搂下桌去，摔碎。翻手要抓常四爷的脖领。

常四爷　〔闪过〕你要怎么着？

二德子　怎么着？我碰不了洋人，还碰不了你吗？

马五爷　〔并未立起〕二德子，你威风啊！

二德子　〔四下扫视，看到马五爷〕喝，马五爷，您在这儿哪？我可眼拙，没看见您！〔过去请安〕

马五爷　有什么事好好地说，干吗动不动地就讲打？

二德子　嗻！您说得对！我到后头坐坐去。李三，这儿的茶钱我候啦！〔往后面走去〕

常四爷　〔凑过来，要对马五爷发牢骚〕这位爷，您圣明，您给评评理！

马五爷　〔立起来〕我还有事，再见！〔走出去〕

常四爷　〔对王利发〕邪！这倒是个怪人！

王利发　您不知道这是马五爷呀？怪不得您也得罪了他！

常四爷　我也得罪了他？我今天出门没挑好日子！

王利发　〔低声地〕刚才您说洋人怎样，他就是吃洋饭的。信洋教，说洋话，有事情可以一直地找宛平县的县太爷去，要不怎么连官面上都不惹他呢！

常四爷　〔往原处走〕哼，我就不佩服吃洋饭的！

王利发　〔向宋恩子、吴祥子那边稍一歪头，低声地〕说话请留点神！〔大声地〕李三，再给这儿沏一碗来！〔拾起地上的碎瓷片〕

松二爷　盖碗多少钱？我赔！外场人不做老娘们事！

王利发　不忙，待会儿再算吧！〔走开〕

| 纤手刘麻子领着康六进来。刘麻子先向松二爷、常四爷打招呼。

刘麻子　您二位真早班儿！〔掏出鼻烟壶，倒烟〕您试试这个！刚装来的，地道英国造，又细又纯！

常四爷　唉！连鼻烟也得从外洋来！这得往外流多少银子啊！

刘麻子　咱们大清国有的是金山银山，永远花不完！您坐着，我办点小事！〔领康六找了个座儿〕

| 李三拿过一碗茶来。

刘麻子　说说吧，十两银子行不行？你说干脆的！我忙，没工夫专伺候你！

康　六　刘爷！十五岁的大姑娘，就值十两银子吗？

刘麻子　卖到窑子去，也许多拿一两八钱的，可是你又不肯！

康　六　那是我的亲女儿！我能够……

刘麻子　有女儿，你可养活不起，这怪谁呢？

康　六　那不是因为乡下种地的都没法子混了吗？一家大小要是一天能吃上一顿粥，我要还想卖女儿，我就不是人！

刘麻子　那是你们乡下的事，我管不着。我受你之托，教你不吃亏，又教你女儿有个吃饱饭的地方，这还不好吗？

康　六　到底给谁呢？

刘麻子　我一说，你必定从心眼里乐意！一位在宫里当差的！

康　六　宫里当差的谁要个乡下丫头呢？

刘麻子　那不是你女儿的命好吗？

康　六　谁呢？

刘麻子　庞总管！你也听说过庞总管吧？侍候着太后，红得不得了，连家里打醋的瓶子都是玛瑙的！

康　六　刘大爷，把女儿给太监做老婆，我怎么对得起人呢？

刘麻子　卖女儿，无论怎么卖，也对不起女儿！你糊涂！你看，姑娘一过门，吃的是珍馐美味，穿的是绫罗绸缎，这不是造化吗？怎样，摇头不算点头算，来个干脆的！

康　六　自古以来，哪有……他就给十两银子？

刘麻子　找遍了你们全村儿，找得出十两银子找不出？在乡下，五斤白面就换个孩子，你不是不知道！

康　六　我，唉！我得跟姑娘商量一下！

刘麻子　告诉你，过了这个村可没有这个店，耽误了事别怨我！快去快来！

康　六　唉！我一会儿就回来！

刘麻子　我在这儿等着你！

康　六　〔慢慢地走出去〕

刘麻子　〔凑到松二爷、常四爷这边来〕乡下人真难办事，永远没有个痛痛快快！

松二爷　这号生意又不小吧？

刘麻子　也甜不到哪儿去，弄好了，赚个元宝！

常四爷　乡下是怎么了？会弄得这么卖儿卖女的！

刘麻子　谁知道！要不怎么说，就是一条狗也得托生在北京城里嘛！

常四爷　刘爷，您可真有个狠劲儿，给拉拢这路事！

刘麻子　我要不分心，他们还许找不到买主呢！〔忙岔话〕松二爷〔掏出个小时表来〕，您看这个！

松二爷　〔接表〕好体面的小表！

刘麻子　您听听，嘎登嘎登地响！

松二爷　〔听〕这得多少钱？

刘麻子　您爱吗？就让给您！一句话，五两银子！您玩够了，不爱再要了，我还照数退钱！东西真地道，传家的玩意儿！

常四爷　我这儿正咂摸这个味儿：咱们一个人身上有多少洋玩意儿啊！老刘，就看你身上吧：洋鼻烟，洋表，洋缎大衫，洋布裤褂……

刘麻子　洋东西可是真漂亮呢！我要是穿一身土布，像个乡下脑壳，谁还理我呀！

常四爷　我老觉乎着咱们的大缎子，川绸，更体面！

刘麻子　松二爷，留下这个表吧，这年月，戴着这么好的洋表，会教人另眼看待！是不是这么说，您哪？

松二爷　〔真爱表，但又嫌贵〕我……

刘麻子　您先戴两天，改日再给钱！

| 黄胖子进来。

黄胖子　〔严重的沙眼，看不清楚，进门就请安〕哥儿们，都瞧我啦！我请安了！都是自己弟兄，别伤了和气呀！

王利发　这不是他们，他们在后院哪！

黄胖子　我看不大清楚啊！掌柜的，预备烂肉面，有我黄胖子，谁也打不起来！〔往里走〕

二德子　〔出来迎接〕两边已经见了面，您快来吧！

| 二德子同黄胖子入内。

| 茶房们一趟又一趟地往后面送茶水。老人进来，拿着些牙签、胡梳、耳挖勺之类的小东西，低着头慢慢地挨着茶座儿走；没人买他的东西。他要往后院去，被李三截住。

李　三　老大爷，您外边遛遛吧！后院里，人家正说和事呢，没人买您的东西！〔顺手儿把剩茶递给老人一碗〕

松二爷　〔低声地〕李三！〔指后院〕他们到底为了什么事，要这么拿刀动杖的？

李　三　〔低声地〕听说是为一只鸽子。张宅的鸽子飞到了李宅去，李宅不肯交还……唉，咱们还是少说话好，〔问老人〕老大爷您高寿啦？

老　人　〔喝了茶〕多谢！八十二了，没人管！这年月呀，人还不如一只鸽子呢！唉！〔慢慢走出去〕

〔秦仲义，穿得很讲究，满面春风，走进来。

王利发　哎哟！秦二爷，您怎么这样闲在，会想起下茶馆来了？也没带个底下人？

秦仲义　来看看，看看你这年轻小伙子会做生意不会！

王利发　唉，一边做一边学吧，指着这个吃饭嘛。谁叫我爸爸死得早，我不干不行啊！好在照顾主儿都是我父亲的老朋友，我有不周到的地方，都肯包涵，闭闭眼就过去了。在街面上混饭吃，人缘儿顶要紧。我按着我父亲遗留下的老办法，多说好话，多请安，讨人人的喜欢，就不会出大岔子！您坐下，我给您沏碗小叶茶去！

秦仲义　我不喝！也不坐着！

王利发　坐一坐！有您在我这儿坐坐，我脸上有光！

秦仲义　也好吧！〔坐〕可是，用不着奉承我！

王利发　李三，沏一碗高的来！二爷，府上都好？您的事情都顺心吧？

秦仲义　不怎么太好！

王利发　您怕什么呢？那么多的买卖，您的小手指头都比我的腰还粗！

唐铁嘴　〔凑过来〕这位爷好相貌，真是天庭饱满，地阁方圆，虽无宰相之权，而有陶朱之富！

秦仲义　躲开我！去！

王利发　先生，你喝够了茶，该外边活动活动去！〔把唐铁嘴轻轻推开〕

唐铁嘴　唉！〔垂头走出去〕

秦仲义　小王，这儿的房租是不是得往上提那么一提呢？当年你爸爸给我的那点租钱，还不够我喝茶用的呢！

王利发　二爷，您说得对，太对了！可是，这点小事用不着您分心，您派管事的来一趟，我跟他商量，该长多少租钱，我一定照办！是！嗻！

秦仲义　你这小子，比你爸爸还滑！哼，等着吧，早晚我把房子收回去！

王利发　您甭吓唬着我玩，我知道您多么照应我，心疼我，决不会叫我挑着大茶壶，到街上卖热茶去！

秦仲义　你等着瞧吧！

| 乡妇拉着个十来岁的小妞进来。小妞的头上插着一根草标。李三本想不许她们往前走，可是心中一难过，没管。她们俩慢慢地往里走。茶客们忽然都停止说笑，看着她们。

小　妞　〔走到屋子中间，立住〕妈，我饿！我饿！

| 乡妇呆视着小妞，忽然腿一软，坐在地上，掩面低泣。

秦仲义　〔对王利发〕轰出去！

王利发　是！出去吧，这里坐不住！

乡　妇　哪位行行好？要这个孩子，二两银子！

常四爷　李三，要两个烂肉面，带她们到门外吃去！

李　三　是啦！〔过去对乡妇〕起来，门口等着去，我给你们端面来！

乡　妇　〔立起，抹泪往外走，好像忘了孩子；走了两步，又转回身来，搂住小妞吻她〕宝贝！宝贝！

王利发　快着点吧！

| 乡妇、小妞走出去。李三随后端出两碗面去。

王利发　〔过来〕常四爷，您是积德行好，赏给她们面吃！可是，我告诉您：这路事儿太多了，太多了！谁也管不了！〔对秦仲义〕二爷，您看我说得对不对？

常四爷　〔对松二爷〕二爷，我看哪，大清国要完！

秦仲义　〔老气横秋地〕完不完，并不在乎有人给穷人们一碗面吃没有。小王，说真的，我真想收回这里的房子！

王利发　您别那么办哪，二爷！

秦仲义　我不但收回房子，而且把乡下的地，城里的买卖也都卖了！

王利发　那为什么呢？

秦仲义　把本钱拢在一块儿，开工厂！

王利发　开工厂？

秦仲义　嗯，顶大顶大的工厂！那才救得了穷人，那才能抵制外货，那才能救国！〔对王利发说而眼看着常四爷〕唉，我跟你说这些干什么，你不懂！

王利发　您就专为别人，把财产都出手，不顾自己了吗？

秦仲义　你不懂！只有那么办，国家才能富强！好啦，我该走啦。我亲眼看见了，你的生意不错，你甭再耍无赖，不涨房钱！

王利发　您等等，我给您叫车去！

秦仲义　用不着，我愿意溜达，溜达！

| 秦仲义往外走，王利发送。

| 小牛儿搀着庞太监走进来。小牛儿提着水烟袋。

庞太监　哟！秦二爷！

秦仲义　庞老爷！这两天您心里安顿了吧？

庞太监　那还用说吗？天下太平了：圣旨下来，谭嗣同问斩！告诉您，谁敢改祖宗的章程，谁就掉脑袋！

秦仲义　我早就知道！

| 茶客们忽然全静寂起来，几乎是闭住呼吸地听着。

庞太监　您聪明，二爷，要不然您怎么发财呢！

秦仲义　我那点财产，不值一提！

庞太监　太客气了吧？您看，全北京城谁不知道秦二爷！您比做官的还厉害呢！听说呀，好些财主都讲维新！

秦仲义　不能这么说，我那点威风在您的面前可就施展不出来了！哈哈哈！

庞太监　说得好，咱们就八仙过海，各显其能吧！哈哈哈！

秦仲义　改天过去给您请安，再见！〔下〕

庞太监　〔自言自语〕哼，凭这么个小财主也敢跟我逗嘴皮子，年头真是改了！〔问王利发〕刘麻子在这儿哪？

王利发　总管，您里边歇着吧！

| 刘麻子早已看见庞太监，但不敢靠近，怕打搅了庞太监、秦仲义的谈话。

刘麻子　喝，我的老爷子！您吉祥！我等了您好大半天了！〔搀庞太监往里面走〕

| 宋恩子、吴祥子过来请安，庞太监对他们耳语。

| 众茶客静默了一阵之后，开始议论纷纷。

茶客甲　谭嗣同是谁？

茶客乙　好像听说过！反正犯了大罪，要不，怎么会问斩呀！

茶客丙　这两三个月了，有些做官的，念书的，乱折腾乱闹，咱们怎能知道他们捣的什么鬼呀！

茶客丁　得！不管怎么说，我的铁杆庄稼又保住了！姓谭的，还有那个康有为，不是说叫旗兵不关钱粮，去自谋生计吗？心眼多毒！

茶客丙　一份钱粮倒叫上头克扣去一大半，咱们也不好过！

茶客丁　那总比没有强啊！好死不如赖活着，叫我去自己谋生，非死不可！

王利发　诸位主顾，咱们还是莫谈国事吧！

| 大家安静下来，都又各谈各的事。

庞太监　〔已坐下〕怎么说？一个乡下丫头，要二百银子？

刘麻子　〔侍立〕乡下人，可长得俊呀！带进城来，好好地一打扮、调教，准保是又好看，又有规矩！我给您办事，比给我亲爸爸做事都更尽心，一丝一毫不能马虎！

| 唐铁嘴又回来了。

王利发　铁嘴，你怎么又回来了？

唐铁嘴　街上兵荒马乱的，不知道是怎么回事！

庞太监　还能不搜查搜查谭嗣同的余党吗？唐铁嘴，你放心，没人抓你！

唐铁嘴　嗻，总管，您要能赏给我几个烟泡儿，我可就更有出息了！

| 有几个茶客好像预感到什么灾祸，一个个往外溜。

松二爷　咱们也该走了吧！天不早啦！

常四爷　嗻！走吧！

| 二灰衣人——宋恩子和吴祥子走过来。

宋恩子　等等！

常四爷　怎么啦？

宋恩子　刚才你说“大清国要完”？

常四爷　我，我爱大清国，怕它完了！

吴祥子　〔对松二爷〕你听见了？他是这么说的吗？

松二爷　哥儿们，我们天天在这儿喝茶。王掌柜知道：我们都是地道老好人！

吴祥子　问你听见了没有？

松二爷　那，有话好说，二位请坐！

宋恩子　你不说，连你也锁了走！他说“大清国要完”，就是跟谭嗣同一党！

松二爷　我，我听见了，他是说……

宋恩子　〔对常四爷〕走！

常四爷　上哪儿？事情要交代明白了啊！

宋恩子　你还想拒捕吗？我这儿可带着“王法”呢！〔掏出腰中带着的铁链子〕

常四爷　告诉你们，我可是旗人！

吴祥子　旗人当汉奸，罪加一等！锁上他！

常四爷　甭锁，我跑不了！

宋恩子　量你也跑不了！〔对松二爷〕你也走一趟，到堂上实话实说，没你的事！

｜黄胖子同三五个人由后院过来。

黄胖子　得啦，一天云雾散，算我没白跑腿！

松二爷　黄爷！黄爷！

黄胖子　〔揉揉眼〕谁呀？

松二爷　我！松二！您过来，给说句好话！

黄胖子　〔看清〕哟，宋爷，吴爷，二位爷办案哪？请吧！

松二爷　黄爷，帮帮忙，给美言两句！

黄胖子　官厅儿管不了的事，我管！官厅儿能管的事呀，我不便多嘴！〔问大家〕是不是？

众　　　嗻！对！

｜宋恩子、吴祥子带着常四爷、松二爷往外走。

松二爷　〔对王利发〕看着点我们的鸟笼子！

王利发　您放心，我给送到家里去！

｜常四爷、松二爷、宋恩子、吴祥子同下。

黄胖子　〔唐铁嘴告以庞太监在此〕哟，老爷在这儿哪？听说要安份儿家，我先给您道喜！

庞太监　等吃喜酒吧！

黄胖子　您赏脸！您赏脸！〔下〕

｜乡妇端着空碗进来，往柜上放。小妞跟进来。

小　妞　妈！我还饿！

王利发　唉！出去吧！

乡　妇　走吧，乖！

小　妞　不卖妞妞啦？妈！不卖啦？妈！

乡　妇　乖！〔哭着，携小妞下〕

｜康六带着康顺子进来，立在柜台前。

康　六　姑娘！顺子！爸爸不是人，是畜生！可你叫我怎么办呢？你不找个吃饭的地方，你饿死！我不弄到手几两银子，就得叫东家活活地打死！你呀，顺子，认命吧，积德吧！

康顺子　我，我……〔说不出话来〕

刘麻子　〔跑过来〕你们回来啦？点头啦？好！来见见总管！给总管磕头！

康顺子　我……〔要晕倒〕

康　六　〔扶住女儿〕顺子！顺子！

刘麻子　怎么啦？

康　六　又饿又气，昏过去了！顺子！顺子！

庞太监　我要活的，可不要死的！

｜静场。

茶客甲　〔正与乙下象棋〕将！你完啦！

——幕落

第二幕

时　间　与前幕相隔十余年，现在是袁世凯死后，帝国主义指使中国军阀进行割据，时时发动内战的时候。初夏，上午。

地　点　同前幕。

人　物　王淑芬　报　童　康顺子　李　三　常四爷
康大力　王利发　松二爷　老　林　难民数人
宋恩子　老　陈　巡　警　吴祥子　崔久峰
押大令的兵七人　公寓住客二三人　军　官
唐铁嘴　刘麻子　大兵三五人

幕启：北京城内的大茶馆已先后相继关了门。"裕泰"是硕果仅存的一家了，可是为避免被淘汰，它已改变了样子与作风。现在，它的前部仍然卖茶，后部却改成了公寓。前部只卖茶和瓜子什么的；"烂肉面"等等已成为历史名词。厨房挪到后边去，专包公寓住客的伙食。茶座也大加改良：一律是小桌与藤椅，桌上铺着浅绿桌布。墙上的"醉八仙"大画，连财神龛，均已撤去，代以时装美人——外国香烟公司的广告画。“莫谈国事”的纸条可是保存了下来，而且字写得更大。王利发真像个“圣之时者也”，不但没使“裕泰”灭亡，而且使它有了新的发展。

因为修理门面，茶馆停了几天营业，预备明天开张。王淑芬正和李三忙着布置，把桌椅移了又移，摆了又摆，以期尽善尽美。

王淑芬梳时行的圆髻，而李三却还带着小辫儿。

二三学生由后面来，与他们打招呼，出去。

王淑芬　〔看李三的辫子碍事〕三爷，咱们的茶馆改了良，你的小辫儿也该剪了吧？

李　三　改良！改良！越改越凉，冰凉！

王淑芬　也不能那么说！三爷你看，听说西直门的德泰，北新桥的广泰，鼓楼前的天泰，这些大茶馆全先后脚儿关了门！只有咱们裕泰还开着，为什么？不是因为拴子的爸爸懂得改良吗？

李　三　哼！皇上没啦，总算大改良吧？可是改来改去，袁世凯还是要做皇上。袁世凯死后，天下大乱，今儿个打炮，明儿个关城，改良？哼！我还留着我的小辫儿，万一把皇上改回来呢！

王淑芬　别顽固啦，三爷！人家给咱们改了民国，咱们还能不随着走吗？你看，咱们这么一收拾，不比以前干净、好看？专招待文明人，不更体面？可是，你要还带着小辫儿，看着多么不顺眼哪！

李　三　太太，你觉得不顺眼，我还不顺心呢！

王淑芬　哟，你不顺心？怎么？

李　三　你还不明白？前面茶馆，后面公寓，全仗着掌柜的跟我两个人，无论怎么说，也忙不过来呀！

王淑芬　前面的事归他，后面的事不是还有我帮助你吗？

李　三　就算有你帮助，打扫二十来间屋子，侍候二十多人的伙食，还要沏茶灌水，买东西送信，问问你自己，受得了受不了！

王淑芬　三爷，你说得对！可是呀，这兵荒马乱的年月，能有个事儿做也就得念佛！咱们都得忍着点！

李　三　我干不了！天天睡四五个钟头的觉，谁也不是铁打的！

王淑芬　唉！三爷，这年月谁也舒服不了！你等着，大拴子暑假就高小毕业，二拴子也快长起来，他们一有用处，咱们可就清闲点啦。从老王掌柜在世的时候，你就帮助我们，老朋友，老伙计啦！

| 王利发老气横秋地从后面进来。

李　三　老伙计？二十多年了，他们可给我长过工钱？什么都改良，为什么工钱不跟着改良呢？

王利发　哟！你这是什么话呀？咱们的买卖要是越做越好，我能不给你长工钱吗？得了，明天咱们开张，取个吉利，先别吵嘴，就这么办吧！ All right？①

李　三　就怎么办啦？不改我的良，我干不下去啦！

| 后面叫："李三！李三！"

王利发　崔先生叫，你快去！咱们的事，有工夫再细研究！

李　三　哼！

王淑芬　我说，昨天就关了城门，今儿个还说不定关不关，三爷，这里的事交给掌柜的，你去买点菜吧！别的不说，咸菜总

---

① "All right" 在这里是"好吧"的意思。

得买下点呀！

｜后面又叫："李三！李三！"

李　三　对，后边叫，前边催，把我劈成两半儿好不好！〔愤愤地往后走〕

王利发　拴子的妈，他岁数大了点，你可得……

王淑芬　他抱怨了大半天了！可是抱怨得对！当着他，我不便直说；对你，我可得说实话：咱们得添人！

王利发　添人得给工钱，咱们赚得出来吗？我要是会干别的，可是还开茶馆，我是孙子！

｜远处隐隐有炮声。

王利发　听听，又他妈的开炮了！你闹，闹！明天开得了张才怪！这是怎么说的！

王淑芬　明白人别说糊涂话，开炮是我闹的？

王利发　别再瞎扯，干活儿去！嘿！

王淑芬　早晚不是累死，就得叫炮轰死，我看透了！〔慢慢地往后边走〕

王利发　〔温和了些〕拴子的妈，甭害怕，开过多少回炮，一回也没打死咱们，北京城是宝地！

王淑芬　心哪，老跳到嗓子眼里，宝地！我给三爷拿菜钱去。〔下〕

｜一群男女难民在门外央告。

难　民　掌柜的，行行好，可怜可怜吧！

王利发　走吧，我这儿不打发，还没开张！

难　民　可怜可怜吧！我们都是逃难的！

王利发　别耽误工夫！我自己还顾不了自己呢！

｜巡警上。

巡　警　走！滚！快着！

｜难民散去。

王利发　怎样啊？六爷！又打得紧吗？

巡　警　紧！紧得厉害！仗打得不紧，怎能够有这么多难民呢！上面交派下来，你出八十斤大饼，十二点交齐！城里的兵带着干粮，才能出去打仗啊！

王利发　您圣明，我这儿现在光包后面的伙食，不再卖饭，也还没开张，别说八十斤大饼，一斤也交不出啊！

巡　警　你有你的理由，我有我的命令，你瞧着办吧！〔要走〕

王利发　您等等！我这儿千真万确还没开张，这您知道！开张以后，还得多麻烦您呢！得啦，您买包茶叶喝吧！〔递钞票〕您多给美言几句，我感恩不尽！

巡　警　〔接票子〕我给你说说看，行不行可不保准！

｜三五个大兵，军装破烂，都背着枪，闯进门口。

巡　警　老总们，我这儿正查户口呢，这儿还没开张！

大　兵　屌！

巡　警　王掌柜，孝敬老总们点茶钱，请他们到别处喝去吧！

王利发　老总们，实在对不起，还没开张，要不然，诸位住在这儿，一定欢迎！〔递钞票给巡警〕

巡　警　〔转递给兵们〕得啦，老总们多原谅，他实在没法招待诸位！

大　兵　屌！谁要钞票？要现大洋！

王利发　老总们，让我哪儿找现洋去呢？

大　兵　屌！揍他个小舅子！

巡　警　快！再添点！

王利发　〔掏〕老总们，我要是还有一块，请把房子烧了！〔递钞票〕

大　兵　屌！〔接钱下，顺手拿走两块新桌布〕

巡　警　得，我给你挡住了一场大祸！他们不走呀，你就全完，连一个茶碗也剩不下！

王利发　我永远忘不了您这点好处！

巡　警　可是为这点功劳，你不得另有份意思吗？

王利发　对！您圣明，我糊涂！可是，您搜我吧，真一个铜子儿也没有啦！〔掀起褂子，让他搜〕您搜！您搜！

巡　警　我干不过你！明天见，明天还不定是风是雨呢！〔下〕

王利发　您慢走！〔看巡警走去，跺脚〕他妈的！打仗，打仗！今天打，明天打，老打，打他妈的什么呢？

| 唐铁嘴进来，还是那么瘦，那么脏，可是穿着绸子夹袍。

唐铁嘴　王掌柜！我来给你道喜！

王利发　〔还生着气〕哟！唐先生？我可不再白送茶喝！〔打量，有了笑容〕你混得不错呀！穿上绸子啦！

唐铁嘴　比从前好了一点！我感谢这个年月！

王利发　这个年月还值得感谢！听着有点不搭调！

唐铁嘴　年头越乱，我的生意越好！这年月，谁活着谁死都碰运气，怎能不多算算命、相相面呢？你说对不对？

王利发　Yes[①]，也有这么一说！

唐铁嘴　听说后面改了公寓，租给我一间屋子，好不好？

王利发　唐先生，你那点嗜好，在我这儿恐怕……

唐铁嘴　我已经不吃大烟了！

王利发　真的？你可真要发财了！

唐铁嘴　我改抽“白面”啦。〔指墙上的香烟广告〕你看，哈德门烟是又长又松，〔掏出烟来表演〕一顿就空出一大块，正好放“白面儿”。大英帝国的烟，日本的“白面儿”，两大强国侍候着我一个人，这点福气还小吗？

---

① “Yes”即“对”的意思。

王利发　福气不小！不小！可是，我这儿已经住满了人，什么时候有了空房，我准给你留着！

唐铁嘴　你呀，看不起我，怕我给不了房租！

王利发　没有的事！都是久在街面上混的人，谁能看不起谁呢？这是知心话吧？

唐铁嘴　你的嘴呀比我的还花哨！

王利发　我可不光要嘴皮子，我的心放得正！这十多年了，你白喝过我多少碗茶？你自己算算！你现在混得不错，你想着还我茶钱没有？

唐铁嘴　赶明儿我一总还给你，那一共才有几个钱呢！〔搭讪着往外走〕

| 街上卖报的喊叫："长辛店大战的新闻，买报瞧，瞧长辛店大战的新闻！"报童向内探头。

报　童　掌柜的，长辛店大战的新闻，来一张瞧瞧？

王利发　有不打仗的新闻没有？

报　童　也许有，您自己找！

王利发　走！不瞧！

报　童　掌柜的，你不瞧也照样打仗！〔对唐铁嘴〕先生，您照顾照顾？

唐铁嘴　我不像他，〔指王利发〕我最关心国事！〔拿了一张报，没给钱即走〕

| 报童追唐铁嘴下。

王利发　〔自言自语〕长辛店！长辛店！离这里不远啦！〔喊〕三爷，三爷！你倒是抓早儿买点菜去呀，待一会儿准关城门，就什么也买不到啦！嘿！〔听后面没人应声，含怒往后跑〕

| 常四爷提着一串腌萝卜，两只鸡，走进来。

常四爷　王掌柜！

王利发　谁？哟，四爷！您干什么哪？

常四爷　我卖菜呢！自食其力，不含糊！今儿个城外头乱乱哄哄，买不到菜；东抓西抓，抓到这么两只鸡，几斤老腌萝卜。听说你明天开张，也许用的着，特意给你送来了！

王利发　我谢谢您！我这儿正没有辙呢！

常四爷　〔四下里看〕好啊！好啊！收拾得好啊！大茶馆全关了，就是你有心路，能随机应变地改良！

王利发　别夸奖我啦！我尽力而为，可就怕天下老这么乱七八糟！

常四爷　像我这样的人算是坐不起这样的茶馆喽！

| 松二爷走进来，穿得很寒酸，可是还提着鸟笼。

松二爷　王掌柜！听说明天开张，我来道喜！〔看见常四爷〕哎哟！四爷，可想死我喽！

常四爷　二哥！你好哇？

王利发　都坐下吧！

松二爷　王掌柜，你好？太太好？少爷好？生意好？

王利发　〔一劲儿说〕好！托福！〔提起鸡与咸菜〕四爷，多少钱？

常四爷　瞧着给，该给多少给多少！

王利发　对！我给你们弄壶茶来！〔提物到后面去〕

松二爷　四爷，你，你怎么样啊？

常四爷　卖青菜哪！铁杆庄稼没有啦，还不卖膀子力气吗？二爷，您怎么样啊？

松二爷　怎么样？我想大哭一场！看见我这身衣裳没有？我还像个人吗？

常四爷　二哥，您能写能算，难道找不到点事儿做？

松二爷　嗻，谁愿意瞪着眼挨饿呢！可是，谁要咱们旗人呢！想起来呀，大清国不一定好啊，可是到了民国，我挨了饿！

王利发　〔端着一壶茶回来。给常四爷钱〕不知道您花了多少，我就给这么点吧！

常四爷　〔接钱，没看，揣在怀里〕没关系！

王利发　二爷，〔指鸟笼〕还是黄鸟吧？哨得怎样？

松二爷　嗻，还是黄鸟！我饿着，也不能叫鸟儿饿着！〔有了点精神〕你看看，看看，〔打开罩子〕多么体面！一看见它呀，我就舍不得死啦！

王利发　松二爷，不准说死！有那么一天，您还会走一步好运！

常四爷　二哥，走！找个地方喝两盅儿去！一醉解千愁！王掌柜，我可就不让你啦，没有那么多的钱！

王利发　我也分不开身，就不陪了！

| 常四爷、松二爷正往外走，宋恩子和吴祥子进来。他们俩仍穿灰色大衫，但袖口瘦了，而且罩上青布马褂。

松二爷　〔看清楚是他们，不由得上前请安〕原来是你们二位爷！

| 王利发似乎受了松二爷的感染，也请安，弄得二人愣住了。

宋恩子　这是怎么啦？民国好几年了，怎么还请安？你们不会鞠躬吗？

松二爷　我看见您二位的灰大褂呀，就想起了前清的事儿！不能不请安！

王利发　我也那样！我觉得请安比鞠躬更过瘾！

吴祥子　哈哈哈哈！松二爷，你们的铁杆庄稼不行了，我们的灰色大褂反倒成了铁杆庄稼，哈哈哈！〔看见常四爷〕这不是常四爷吗？

常四爷　是呀，您的眼力不错！戊戌年我就在这儿说了句“大清国要完”，叫您二位给抓了走，坐了一年多的牢！

宋恩子　您的记性可也不错！混得还好吧？

常四爷　托福！从牢里出来，不久就赶上庚子年；扶清灭洋，我当了义和团，跟洋人打了几仗！闹来闹去，大清国到底是亡了，该亡！我是旗人，可是我得说公道话！现在，每天起五更弄一挑子青菜,绕到十点来钟就卖光。凭力气挣饭吃,我的身上更有劲了！什么时候洋人敢再动兵，我姓常的还准备跟他们打打呢！我是旗人，旗人也是中国人哪！您二位怎么样?

吴祥子　瞎混呗！有皇上的时候，我们给皇上效力，有袁大总统的时候，我们给袁大总统效力；现而今，宋恩子，该怎么说啦?

宋恩子　谁给饭吃，咱们给谁效力!

常四爷　要是洋人给饭吃呢?

松二爷　四爷，咱们走吧!

吴祥子　告诉你，常四爷，要我们效力的都仗着洋人撑腰！没有洋枪洋炮，怎能够打起仗来呢?

松二爷　您说得对！嗻！四爷，走吧!

常四爷　再见吧，二位，盼着你们快快升官发财！〔同松二爷下〕

宋恩子　这小子!

王利发　〔倒茶〕常四爷老是那么又倔又硬，别计较他！〔让茶〕二位喝碗吧，刚沏好的。

宋恩子　后面住着的都是什么人?

王利发　多半是大学生，还有几位熟人。我有登记簿子，随时报告给“巡警阁子”。我拿来，二位看看?

吴祥子　我们不看簿子，看人!

王利发　您甭看，准保都是靠得住的人!

宋恩子　你为什么爱租学生们呢？学生不是什么老实家伙呀!

王利发　这年月，做官的今天上任，明天撤职，做买卖的今天开市，明天关门，都不可靠！只有学生有钱，能够按月交房租，没钱的就上不了大学啊！您看，是这么一笔账不是?

宋恩子　都叫你咂摸透了！你想的对！现在，连我们也欠饷啊!

吴祥子　是呀，所以非天天拿人不可，好得点津贴！

宋恩子　就仗着有错拿，没错放的，拿住人就有津贴！走吧，到后边看看去！

吴祥子　走！

王利发　二位，二位！您放心，准保没错儿！

宋恩子　不看，拿不到人，谁给我们津贴呢？

吴祥子　王掌柜不愿意咱们看，王掌柜必会给咱们想办法！咱们得给王掌柜留个面子！对吧？王掌柜！

王利发　我……

宋恩子　我出个不很高明的主意：干脆来个包月，每月一号，按阳历算，你把那点……

吴祥子　那点意思！

宋恩子　对，那点意思送到，你省事，我们也省事！

王利发　那点意思得多少呢？

吴祥子　多年的交情，你看着办！你聪明，还能把那点意思闹成不好意思吗？

李　三　〔提着菜筐由后面出来〕喝，二位爷！〔请安〕今儿个又得关城门吧！〔没等回答，往外走〕

| 二三学生匆匆地回来。

学　生　三爷，先别出去，街上抓夫呢！〔往后面走去〕

李　三　〔还往外走〕抓去也好，在哪儿也是当苦力！

| 刘麻子丢了魂似的跑来，和李三碰了个满怀。

李　三　怎么回事呀？吓掉了魂儿啦！

刘麻子　〔喘着〕别，别，别出去！我差点叫他们抓了去！

王利发　三爷，等一等吧！

李　三　午饭怎么开呢？

王利发　跟大家说一声，中午咸菜饭，没别的办法！晚上吃那两只鸡！

李　三　好吧！〔往回走〕

刘麻子　我的妈呀，吓死我啦！

宋恩子　你活着，也不过多买卖几个大姑娘！

刘麻子　有人卖，有人买，我不过在中间帮帮忙，能怪我吗？〔把桌上的三个茶杯的茶先后喝净〕

吴祥子　我可是告诉你，我们哥儿们从前清起就专办革命党，不大爱管贩卖人口，拐带妇女什么的臭事。可是你要叫我们碰见，我们也不再睁一眼闭一眼！还有，像你这样的人，弄进去，准锁在尿桶上！

刘麻子　二位爷，别那么说呀！我不是也快挨饿了吗？您看，以前，我走八旗老爷们、宫里太监们的门子。这么一革命啊，可苦了我啦！现在，人家总长次长，团长师长，要娶姨太太讲究要唱落子的坤角，戏班里的女名角，一花就三千五千现大洋！我干瞧着，摸不着门！我那点芝麻粒大的生意算得了什么呢？

宋恩子　你呀，非锁在尿桶上，不会说好的！

刘麻子　得啦，今天我孝敬不了二位，改天我必有一份儿人心！

吴祥子　你今天就有买卖，要不然，兵荒马乱的，你不会出来！

刘麻子　没有！没有！

宋恩子　你嘴里半句实话也没有！不对我们说真话，没有你的好处！王掌柜，我们出去绕绕；下月一号，按阳历算，别忘了！

王利发　我忘了姓什么，也忘不了您二位这回事！

吴祥子　一言为定啦！〔同宋恩子下〕

王利发　刘爷，茶喝够了吧？该出去活动活动！

刘麻子　你忙你的，我在这儿等两个朋友。

王利发　咱们可把话说开了，从今以后，你不能再在这儿做你的生意，这儿现在改了良，文明啦！

┃康顺子提着个小包，带着康大力，往里边探头。

康大力　是这里吗？

康顺子　地方对呀，怎么改了样儿？〔进来，细看，看见了刘麻子〕大力，进来，是这儿！

康大力　找对啦？妈！

康顺子　没错儿！有他在这儿，不会错！

王利发　您找谁？

康顺子　〔不语，直奔过刘麻子去〕刘麻子，你还认识我吗？〔要打，但是伸不出手去，一劲地颤抖〕你，你，你个……〔要骂，也感到困难〕

刘麻子　你这个娘儿们，无缘无故地跟我捣什么乱呢？

康顺子　〔挣扎〕无缘无故？你，你看看我是谁？一个男子汉，干什么吃不了饭，偏干伤天害理的事！呸！呸！

王利发　这位大嫂，有话好好说！

康顺子　你是掌柜的？你忘了吗？十几年前，有个娶媳妇的太监？

王利发　您，您就是庞太监的那个……

康顺子　都是他〔指刘麻子〕做的好事，我今天跟他算算账！〔又要打，仍未成功〕

刘麻子　〔躲〕你敢！你敢！我好男不跟女斗！〔随说随往后退〕我，我找人来帮我说说理！〔撒腿往后面跑〕

王利发　〔对康顺子〕大嫂，你坐下，有话慢慢说！庞太监呢？

康顺子　〔坐下喘气〕死啦。叫他的侄子们给饿死的。一改民国呀，他还有钱，可没了势力，所以侄子们敢欺负他。他一死，他的侄子们把我们轰出来了，连一床被子都没给我们！

王利发　这，这是……？

康顺子　我的儿子！

王利发　您的……？

康顺子　也是买来的，给太监当儿子。

康大力　妈！你爸爸当初就在这儿卖了你的？

康顺子　对了，乖！就是这儿，一进这儿的门，我就晕过去了，我永远忘不了这个地方！

康大力　我可不记得我爸爸在哪里卖了我的！

康顺子　那时候，你不是才一岁吗？妈妈把你养大了的，你跟妈妈一条心，对不对？乖！

康大力　那个老东西，掐你，拧你，咬你，还用烟签子扎我！他们人多，咱们打不过他们！要不是你，妈，我准叫他们给打死了！

康顺子　对！他们人多，咱们又太老实！你看，看见刘麻子，我想咬他几口，可是，可是，连一个嘴巴也没打上，我伸不出手去！

康大力　妈，等我长大了，我帮助你打！我不知道亲妈妈是谁，你就是我的亲妈妈！

康顺子　好！好！咱们永远在一块儿，我去挣钱，你去念书！〔稍愣了一会儿〕掌柜的，当初我在这儿叫人买了去，咱们总算有缘，你能不能帮帮忙，给我找点事做？我饿死不要紧，可不能饿死这个无依无靠的好孩子！

｜王淑芬出来，立在后边听着。

王利发　你会干什么呢？

康顺子　洗洗涮涮、缝缝补补、做家常饭，都会！我是乡下人，我能吃苦，只要不再做太监的老婆，什么苦处都是甜的！

王利发　要多少钱呢？

康顺子　有三顿饭吃，有个地方睡觉，够大力上学的，就行！

王利发　好吧，我慢慢给你打听着！你看，十多年前那回事，我到今天还没忘，想起来心里就不痛快！

康顺子　可是，现在我们母子上哪儿去呢？

王利发　回乡下找你的老父亲去！

康顺子　他？他是活是死，我不知道。就是活着，我也不能去找他！他对不起女儿，女儿也不必再叫他爸爸！

王利发　马上就找事，可不大容易！

王淑芬　〔过来〕她能洗能做，又不多要钱，我留下她了！

王利发　你？

王淑芬　难道我不是内掌柜的？难道我跟李三爷就该累死？

康顺子　掌柜的，试试我！看我不行，您说话，我走！

王淑芬　大嫂，跟我来！

康顺子　当初我是在这儿卖出去的，现在就拿这儿当作娘家吧！大力，来吧！

康大力　掌柜的，你要不打我呀，我会帮助妈妈干活儿！〔同王淑芬、康顺子下〕

王利发　好家伙，一添就是两张嘴！太监取消了，可把太监的家眷交到这里来了！

李　三　〔掩护着刘麻子出来〕快走吧！〔回去〕

王利发　就走吧，还等着真挨两个脆的吗？

刘麻子　我不是说过了吗，等两个朋友？

王利发　你呀，叫我说什么才好呢！

刘麻子　有什么法子呢！隔行如隔山，你老得开茶馆，我老得干我这一行！到什么时候，我也得干我这一行！

| 老林和老陈满面笑容地走进来。

刘麻子　〔二人都比他年轻，他却称呼他们哥哥〕林大哥，陈二哥！〔看王不满意，赶紧说〕王掌柜，这儿现在没有人，我借个光，

下不为例！

王利发　她〔指后边〕可是还在这儿呢！

刘麻子　不要紧了，她不会打人！就是真打，他们二位也会帮助我！

王利发　你呀！哼！〔到后边去〕

刘麻子　坐下吧，谈谈！

老　林　你说吧！老二！

老　陈　你说吧！哥！

刘麻子　谁说不一样啊！

老　陈　你说吧，你是大哥！

老　林　那个，你看，我们俩是把兄弟！

老　陈　对！把兄弟，两个人穿一条裤子的交情！

老　林　他有几块现大洋！

刘麻子　现大洋？

老　陈　林大哥也有几块现大洋！

刘麻子　一共多少块呢？说个数目！

老　林　那，还不能告诉你咧！

老　陈　事儿能办才说咧！

刘麻子　有现大洋，没有办不了的事！

老　林
老　陈　真的？

刘麻子　说假话是孙子！

老　林　那么，你说吧，老二！

老　陈　还是你说，哥！

老　林　你看，我们是两个人吧？

刘麻子　嗯！

老　陈　两个人穿一条裤子的交情吧？

刘麻子　嗯！

老　林　没人耻笑我们的交情吧？

刘麻子　交情嘛，没人耻笑！

老　陈　也没人耻笑三个人的交情吧？

刘麻子　三个人？都是谁？

老　林　还有个娘儿们！

刘麻子　嗯！嗯！嗯！我明白了！可是不好办，我没办过！你看，平常都说小两口儿，哪有小三口儿的呢！

老　林　不好办？

刘麻子　太不好办啦！

老　林　〔问老陈〕你看呢？

老　陈　还能白拉倒吗？

老　林　不能拉倒！当了十几年兵，连半个媳妇都娶不上！他妈的！

刘麻子　不能拉倒，咱们再想想！你们到底一共有多少块现大洋？

| 王利发和崔久峰由后面慢慢走来。刘麻子等停止谈话。

王利发　崔先生，昨天秦二爷派人来请您，您怎么不去呢？您这么有学问，上知天文，下知地理，又做过国会议员，可是住在我这里，天天念经；干吗不出去做点事呢？您这样的好人，应当出去做官！有您这样的清官，我们小民才能过太平日子！

崔久峰　惭愧！惭愧！做过国会议员，那真是造孽呀！革命有什么用呢，不过自误误人而已！唉！现在我只能修持，忏悔！

王利发　您看秦二爷，他又办工厂，又忙着开银号！

崔久峰　办了工厂、银号又怎么样呢？他说实业救国，他救了谁？救了他自己，他越来越有钱了！可是他那点事业，哼，外国人伸出一个小指头，就把他推倒在地，再也起不来！

王利发　您别这么说呀！难道咱们就一点盼望也没有了吗？

崔久峰　难说！很难说！你看，今天王大帅打李大帅，明天赵大帅又打王大帅。是谁叫他们打的？

王利发　谁？哪个混蛋？

崔久峰　洋人！

王利发　洋人？我不能明白！

崔久峰　慢慢地你就明白了。有那么一天，你我都得做亡国奴！我干过革命，我的话不是随便说的！

王利发　那么，您就不想想主意，卖卖力气，别叫大家做亡国奴？

崔久峰　我年轻的时候，以天下为己任，的确那么想过！现在，我可看透了，中国非亡不可！

王利发　那也得死马当活马治呀！

崔久峰　死马当活马治？那是妄想！死马不能再活，活马可早晚得死！好啦，我到弘济寺去，秦二爷再派人来找我，你就说，我只会念经，不会干别的！〔下〕

| 宋恩子、吴祥子又回来了。

王利发　二位！有什么消息没有？

| 宋恩子、吴祥子不语，坐在靠近门口的地方，看着刘麻子等。

| 刘麻子不知如何是好，低下头去。

| 老陈、老林也不知如何是好，相视无言。

| 静默了有一分钟。

老　陈　哥，走吧？

老　林　走！

宋恩子　等等！〔立起来，挡住路〕

老　陈　怎么啦？

吴祥子　〔也立起〕你说怎么啦？

| 四人呆呆相视一会儿。

宋恩子　乖乖地跟我们走！

老　林　上哪儿？

吴祥子　逃兵，是吧？有些块现大洋，想在北京藏起来，是吧？有钱就藏起来，没钱就当土匪，是吧？

老　陈　你管得着吗？我一个人揍你这样的八个。〔要打〕

宋恩子　你？可惜你把枪卖了，是吧？没有枪的干不过有枪的，是吧？〔拍了拍身上的枪〕我一个人揍你这样的八个！

老　林　都是弟兄，何必呢？都是弟兄！

吴祥子　对啦！坐下谈谈吧！你们是要命呢？还是要现大洋？

老　陈　我们那点钱来得不容易！谁发饷，我们给谁打仗，我们打过多少次仗啊！

宋恩子　逃兵的罪过，你们可也不是不知道！

老　林　咱们讲讲吧，谁叫咱们是弟兄呢！

吴祥子　这像句自己人的话！谈谈吧！

王利发　〔在门口〕诸位，大令过来了！

老　陈
老　林　啊！〔惊惶失措，要往里边跑〕

宋恩子　别动！君子一言：把现大洋分给我们一半，保你们俩没事！咱们是自己人！

老　林
老　陈　就那么办！自己人！

| “大令”进来：二捧刀——刀缠红布——背枪者前导，手捧令箭的在中，四持黑红棍者在后。军官在最后压队。

吴祥子　〔和宋恩子、老林、老陈一齐立正，从帽中取出证章，叫军官看〕报告官长，我们正在这儿盘查一个逃兵。

军　官　就是他吗？〔指刘麻子〕

吴祥子　〔指刘麻子〕就是他！

军　官　绑！

刘麻子　〔喊〕老爷！我不是！不是！

军　官　绑！〔同下〕

吴祥子　〔对宋〕到后面抓两个学生！

宋恩子　走！〔同往后疾走〕

——幕落

第三幕

时　间　抗日战争胜利后，国民党特务和美国兵在北京横行的时候。秋，清晨。

地　点　同前幕。

人　物　王大拴　明师傅　丁厚斋　周秀花　邹福远
小宋恩子　王小花　卫福喜　小吴祥子　康顺子
方　六　常四爷　丁　宝　车当当　秦仲义
王利发　庞四奶奶　小心眼　茶客甲、乙　春　梅
沈处长　小刘麻子　老　杨　宪兵四人
取电灯费的　小二德子　小唐铁嘴　谢勇仁

幕启：现在，裕泰茶馆的样子可不像前幕那么体面了。藤椅已不见，代以小凳与条凳。自房屋至家具都显着暗淡无光。假若有什么突出惹眼的东西，那就是“莫谈国事”的纸条更多，字也更大了。在这些条子旁边还贴着“茶钱先付”的新纸条。

一清早，还没有下窗板。王利发的儿子王大拴，垂头丧气地

独自收拾屋子。

| 王大拴的妻周秀花，领着小女儿王小花，由后面出来。她们一边走一边说话儿。

王小花　妈，晌午给我作点热汤面吧！好多天没吃过啦！

周秀花　我知道，乖！可谁知道买得着面买不着呢！就是粮食店里可巧有面，谁知道咱们有钱没有呢！唉！

王小花　就盼着两样都有吧！妈！

周秀花　你倒想得好，可哪能那么容易！去吧，小花，在路上留神吉普车！

王大拴　小花，等等！

王小花　干吗？爸！

王大拴　昨天晚上……

周秀花　我已经嘱咐过她了！她懂事！

王大拴　你大力叔叔的事万不可对别人说呀！说了，咱们全家都得死！明白吧？

王小花　我不说，打死我也不说！有人问我大力叔叔回来过没有，我就说：他走了好几年，一点消息也没有！

| 康顺子由后面走来。她的腰有点弯，但还硬朗。她一边走一边叫王小花。

康顺子　小花！小花！还没走哪？

王小花　康婆婆，干吗呀？

康顺子　小花，乖！婆婆再看你一眼！〔抚弄王小花的头〕多体面哪！吃得不足啊，要不然还得更好看呢！

周秀花　大婶，您是要走吧？

康顺子　是呀！我走，好让你们省点嚼谷呀！大力是我拉扯大的，他叫我走，我怎能不走呢？当初，我刚到这里的时候，他还没有小花这么高呢！

王小花　看大力叔叔现在多么壮实，多么大气！

康顺子　是呀，虽然他只在这儿坐了一袋烟的工夫呀，可是叫我年轻了好几岁！我本来什么也没有，一见着他呀，好像忽然间我什么都有啦！我走，跟着他走，受什么累，吃什么苦，也是香甜的！看他那两只大手，那两只大脚，简直是个顶天立地的男子汉！

王小花　婆婆，我也跟您去！

康顺子　小花，你乖乖地去上学，我会回来看你！

王大拴　小花，上学吧，别迟到！

王小花　婆婆，等我下了学您再走！

康顺子　哎！哎！去吧，乖！〔王小花下〕

王大拴　大婶，我爸爸叫您走吗？

康顺子　他还没打好了主意。我倒怕呀，大力回来的事儿万一叫人家知道了啊，我又忽然这么一走，也许要连累了你们！这年月不是天天抓人吗？我不能做对不起你们的事！

周秀花　大婶，您走您的，谁逃出去谁得活命！喝茶的不是常低声儿说：想要活命得上西山①吗？

王大拴　对！

康顺子　小花的妈，来吧，咱们再商量商量！我不能专顾自己，叫你们吃亏！老大，你也好好想想！〔同周秀花下〕

〔丁宝进来。

丁　宝　嗨，掌柜的，我来啦！

王大拴　你是谁？

丁　宝　小丁宝！小刘麻子叫我来的，他说这儿的老掌柜托他请个女招待。

---

① 北京西山一带当时是八路军的游击区。——絜青注。

王大拴　姑娘，你看看，这么个破茶馆，能用女招待吗？我们老掌柜呀，穷得乱出主意！

| 王利发慢慢地走出来，他还硬朗，穿得可很不整齐。

王利发　老大，你怎么老在背后褒贬老人呢？谁穷得乱出主意呀？下板子去！什么时候了，还不开门！

| 王大拴去下窗板。

丁　宝　老掌柜，你硬朗啊？

王利发　嗯！要有炸酱面的话，我还能吃三大碗呢，可惜没有！十几了？姑娘！

丁　宝　十七！

王利发　才十七？

丁　宝　是呀！妈妈是寡妇，带着我过日子。胜利以后呀，政府硬说我爸爸给我们留下的一所小房子是逆产，给没收啦！妈妈气死了，我做了女招待！老掌柜，我到今天还不明白什么叫逆产，您知道吗？

王利发　姑娘，说话留点神！一句话说错了，什么都可以变成逆产！你看，这后边呀，是秦二爷的仓库，有人一瞪眼，说是逆产，就给没收啦！就是这么一回事！

| 王大拴回来。

丁　宝　老掌柜，您说对了！连我也是逆产，谁的胳臂粗，我就得侍候谁！他妈的，我才十七，就常想还不如死了呢！死了落个整尸首，干这一行，活着身上就烂了！

王大拴　爸，您真想要女招待吗？

王利发　我跟小刘麻子瞎聊来着！我一辈子老爱改良，看着生意这么不好，我着急！

王大拴　您着急，我也着急！可是，您就忘记老裕泰这个老字号了吗？六十多年的老字号，用女招待？

丁　宝　什么老字号啊！越老越不值钱！不信，我现在要是二十八岁，就是叫小小丁宝，小丁宝贝，也没人看我一眼！

| 茶客甲、乙上。

王利发　二位早班儿！带着叶子哪？老大拿开水去！〔王大拴下〕二位，对不起，茶钱先付！

茶客甲　没听说过！

王利发　我开过几十年茶馆，也没听说过！可是，您圣明：茶叶、煤球儿都一会儿一个价钱，也许您正喝着茶，茶叶又涨了价钱！您看，先收茶钱不是省得麻烦吗？

茶客乙　我看哪，不喝更省事！〔同茶客甲下〕

王大拴　〔提来开水〕怎么？走啦！

王利发　这你就明白了！

丁　宝　我要是过去说一声："来了？小子！"他们准给一块现大洋！

王利发　你呀，老大，比石头还顽固！

王大拴　〔放下壶〕好吧，我出去遛遛，这里出不来气！〔下〕

王利发　你出不来气，我还憋得慌呢！

| 小刘麻子上，穿着洋服，夹着皮包。

小刘麻子　小丁宝，你来啦？

丁　宝　有你的话，谁敢不来呀！

小刘麻子　王掌柜，看我给你找来的小宝贝怎样？人材、岁数、打扮、经验，样样出色！

王利发　就怕我用不起吧？

小刘麻子　没的事！她不要工钱！是吧，小丁宝？

王利发　不要工钱？

小刘麻子　老头儿，你都甭管，全听我的，我跟小丁宝有我们一套办法！是吧，小丁宝？

丁　宝　　要是没你那一套办法，怎会缺德呢！

小刘麻子　缺德？你算说对了！当初，我爸爸就是由这儿绑出去的；不信，你问王掌柜。是吧，王掌柜？

王利发　　我亲眼得见！

小刘麻子　你看，小丁宝，我不乱吹吧？绑出去，就在马路中间，咔嚓一刀！是吧，老掌柜？

王利发　　听得真真的！

小刘麻子　我不说假话吧？小丁宝！可是，我爸爸到底差点事，一辈子混得并不怎样。轮到我自己出头露面了，我必得干得特别出色。〔打开皮包，拿出计划书〕看，小丁宝，看看我的计划！

丁　宝　　我没那么大的工夫！我看哪，我该回家，休息一天，明天来上工。

王利发　　丁宝，我还没想好呢！

小刘麻子　王掌柜，我都替你想好啦！不信，你等着看，明天早上，小丁宝在门口儿歪着头那么一站，马上就进来二百多茶座儿！小丁宝，你听听我的计划，跟你有关系。

丁　宝　　哼！但愿跟我没关系！

小刘麻子　你呀，小丁宝，不够积极！听着……

| 取电灯费的进来。

取电灯费的　掌柜的，电灯费！

王利发　　电灯费？欠几个月的啦？

取电灯费的　三个月的！

王利发　　再等三个月，凑半年，我也还是没办法！

取电灯费的　那像什么话呢？

小刘麻子　地道真话嘛！这儿属沈处长管。知道沈处长吧？市党部的委员，宪兵司令部的处长！你愿意收他的电费吗？说！

取电灯费的　什么话呢，当然不收！对不起，我走错了门儿！〔下〕

小刘麻子　看，王掌柜，你不听我的行不行？你那套光绪年的办法太守旧了！

王利发　对！要不怎么说，人要活到老学到老呢！我还得多学！

小刘麻子　就是嘛！

〔小唐铁嘴进来，穿着绸子夹袍，新缎鞋。

小刘麻子　哎哟，他妈的是你，小唐铁嘴！

小唐铁嘴　哎哟，他妈的是你，小刘麻子！来，叫爷爷看看！〔看前看后〕你小子行，洋服穿得像那么一回事，由后边看哪，你比洋人还更像洋人！老王掌柜，我夜观天象，紫微星发亮，不久必有真龙天子出现，所以你看我跟小刘麻子，和这位……

小刘麻子　小丁宝，九城闻名！

小唐铁嘴　……和这位小丁宝，才都这么才貌双全，文武带打，我们是应运而生，活在这个时代，真是如鱼得水！老掌柜，把脸转正了，我看看！好，好，印堂发亮，还有一步好运！来吧，给我碗喝吧！

王利发　小唐铁嘴！

小唐铁嘴　别再叫唐铁嘴，我现在叫唐天师！

小刘麻子　谁封你做了天师？

小唐铁嘴　待两天你就知道了。

王利发　天师，可别忘了，你爸爸白喝了我一辈子的茶，这可不能世袭！

小唐铁嘴　王掌柜，等我穿上八卦仙衣的时候，你会后悔刚才说了什么！你等着吧！

小刘麻子　小唐，待会儿我请你去喝咖啡，小丁宝作陪，你先听我说点正经事，好不好？

小唐铁嘴　王掌柜，你就不想想，天师今天白喝你点茶，将来会给你个县知事做做吗？好吧，小刘你说！

小刘麻子　我这儿刚跟小丁宝说，我有个伟大的计划！

小唐铁嘴　好！洗耳恭听！

小刘麻子　我要组织一个“拖拉撕”。这是个美国字，也许你不懂，翻成北京话就是“包圆儿”。

小唐铁嘴　我懂！就是说，所有的姑娘全由你包办。

小刘麻子　对！你的脑力不坏！小丁宝，听着，这跟你有密切关系！甚至于跟王掌柜也有关系！

王利发　我这儿听着呢！

小刘麻子　我要把舞女、明娼、暗娼、吉普女郎和女招待全组织起来，成立那么一个大“拖拉撕”。

小唐铁嘴　〔闭着眼问〕官方上疏通好了没有？

小刘麻子　当然！沈处长做董事长，我当总经理！

小唐铁嘴　我呢？

小刘麻子　你要是能琢磨出个好名字来，请你做顾问！

小唐铁嘴　车马费不要法币！

小刘麻子　每月送几块美钞！

小唐铁嘴　往下说！

小刘麻子　业务方面包括：买卖部、转运部、训练部、供应部，四大部。谁买姑娘，还是谁卖姑娘；由上海调运到天津，还是由汉口调运到重庆；训练吉普女郎，还是训练女招待；是供应美国军队，还是各级官员，都由公司统一承办，保证人人满意。你看怎样？

小唐铁嘴　太好！太好！在道理上，这合乎统制一切的原则。在实际上，这首先能满足美国兵的需要，对国家有利！

小刘麻子　好吧，你就给想个好名字吧！想个文雅的，像“柳叶眉，杏核眼，樱桃小口一点点”那种诗那么文雅的！

小唐铁嘴　嗯——“拖拉撕”“拖拉撕”……不雅！拖进来，拉进来，不听话就撕成两半儿，倒好像是绑票儿撕票儿，不雅！

小刘麻子　对，是不大雅！可那是美国字，吃香啊！

小唐铁嘴　还是联合公司响亮、大方！

小刘麻子　有你这么一说！什么联合公司呢？

丁　宝　缺德公司就挺好！

小刘麻子　小丁宝，谈正经事，不许乱说！你好好干，将来你有做女招待总教官的希望！

小唐铁嘴　看这个怎样——花花联合公司？姑娘是什么？鲜花嘛！要姑娘就得多花钱，花呀花呀，所以花花！“青是山，绿是水，花花世界”，又有典故，出自《武家坡》！好不好？

小刘麻子　小唐，我谢谢你，谢谢你！〔热烈握手〕我马上找沈处长去研究一下，他一赞成，你的顾问就算当上了！〔收拾皮包，要走〕

王利发　我说，丁宝的事到底怎么办？

小刘麻子　没告诉你不用管吗？“拖拉撕”统办一切，我先在这里试验试验。

丁　宝　你不是说喝咖啡去吗？

小刘麻子　问小唐去不去？

小唐铁嘴　你们先去吧，我还在这儿等个人。

小刘麻子　咱们走吧，小丁宝！

丁　宝　明天见，老掌柜！再见，天师！〔同小刘麻子下〕

小唐铁嘴　王掌柜，拿报来看看！

王利发　那，我得慢慢地找去。二年前的还许有几张！

小唐铁嘴　废话！

〔进来三位茶客：明师傅、邹福远和卫福喜。明师傅独坐，邹福远与卫福喜同坐。王利发都认识，向大家点头。

王利发　哥儿们，对不起啊，茶钱先付！

明师傅　没错儿，老哥哥！

王利发　唉！“茶钱先付”，说着都烫嘴！〔忙着沏茶〕

邹福远　怎样啊？王掌柜！晚上还添评书不添啊？

王利发　试验过了，不行！光费电，不上座儿！

邹福远　对！您看，前天我在会仙馆，开三侠四义五霸十雄十三杰九老十五小，大破凤凰山，百鸟朝凤，棍打凤腿，您猜上了多少座儿？

王利发　多少？那点书现在除了您，没有人会说！

邹福远　您说的在行！可是，才上了五个人，还有俩听蹭儿的！

卫福喜　师哥，无论怎么说，你比我强！我又闲了一个多月啦！

邹福远　可谁叫你跳了行，改唱戏了呢？

卫福喜　我有嗓子，有扮相嘛！

邹福远　可是上了台，你又不好好地唱！

卫福喜　妈的唱一出戏，挣不上三个杂合面饼子的钱，我干吗卖力气呢？我疯啦？

邹福远　唉！福喜，咱们哪，全叫流行歌曲跟《纺棉花》给顶垮喽！我是这么看，咱们死，咱们活着，还在其次，顶伤心的是咱们这点玩意儿，再过几年都得失传！咱们对不起祖师爷！常言道：邪不侵正。这年头就是邪年头，正经东西全得连根儿烂！

王利发　唉！〔转至明师傅处〕明师傅，可老没来啦！

明师傅　出不来喽！包监狱里的伙食呢！

王利发　您！就凭您，办一二百桌满汉全席的手儿，去给他们蒸窝窝头？

明师傅　那有什么办法呢，现而今就是狱里人多呀！满汉全席？我连家伙都卖喽！

| 方六拿着几张画儿进来。

明师傅　六爷，这儿！六爷，那两桌家伙怎样啦？我等钱用！

方　六　明师傅，您挑一张画儿吧！

明师傅　啊？我要画儿干吗呢？

方　六　这可画得不错！六大山人、董弱梅画的！

明师傅　画得天好，当不了饭吃啊！

方　六　他把画儿交给我的时候，直掉眼泪！

明师傅　我把家伙交给你的时候，也直掉眼泪！

方　六　谁掉眼泪，谁吃炖肉，我都知道！要不怎么我累心呢！你当是干我们这一行，专凭打打小鼓就行哪？

明师傅　六爷，人总有颗人心哪，你还能坑老朋友吗？

方　六　一共不是才两桌家伙吗？小事儿，别再提啦，再提就好像不大懂交情了！

| 车当当敲着两块洋钱，进来。

车当当　谁买两块？买两块吧？天师，照顾照顾？〔小唐铁嘴不语〕

王利发　当当！别处转转吧，我连现洋什么模样都忘了！

车当当　那，你老人家就细细看看吧！白看，不用买票！〔往桌上扔钱〕

| 庞四奶奶进来，带着春梅。庞四奶奶的手上戴满各种戒指，打扮得像个女妖精。卖杂货的老杨跟进来。

小唐铁嘴　娘娘！

方　六
车当当　娘娘！

庞四奶奶　天师！

小唐铁嘴　侍候娘娘！〔让庞四奶奶坐，给她倒茶〕

庞四奶奶　〔看车当当要出去〕当当，你等等！

车当当　嚥！

老　杨　〔打开货箱〕娘娘，看看吧！

庞四奶奶　唱唱那套词儿，还倒怪有个意思！

老　杨　是！美国针、美国线、美国牙膏、美国消炎片。还有口红、雪花膏、玻璃袜子细毛线。箱子小，货物全，就是不卖原子弹！

庞四奶奶　哈哈哈！〔挑了两双袜子〕春梅，拿着！当当，你跟老杨算账吧！

车当当　娘娘，别那么办哪！

庞四奶奶　我给你拿的本钱，利滚利，你欠我多少啦？天师，查账！

小唐铁嘴　是！〔掏小本〕

车当当　天师，你甭操心，我跟老杨算去！

老　杨　娘娘，您行好吧！他能给我钱吗？

庞四奶奶　老杨，他坑不了你，都有我呢！

老　杨　是！〔向众〕还有哪位照顾照顾？〔又要唱〕美国针……

庞四奶奶　听够了！走！

老　杨　是！美国针、美国线，我要不走是浑蛋！走，当当！

〔同车当当下〕

方　六　〔过来〕娘娘，我得到一堂景泰蓝的五供儿，东西老，地道，也便宜，坛上用顶体面，您看看吧？

庞四奶奶　请皇上看看吧！

方　六　是！皇上不是快登基了吗？我先给您道喜！我马上取去，送到坛上！娘娘多给美言几句，我必有份人心！

〔往外走〕

明师傅　六爷，我的事呢？！

方　六　你先给我看着那几张画！〔下〕

明师傅　你等等！坑我两桌家伙，我还有把切菜刀呢！〔追下〕

庞四奶奶　王掌柜，康妈妈在这儿哪？请她出来！

小唐铁嘴　我去！〔跑到后门〕康老太太，您来一下！

王利发　什么事？

小唐铁嘴　朝廷大事！

｜康顺子上。

康顺子　干什么呀？

庞四奶奶　〔迎上去〕婆母！我是您的四侄媳妇，来接您，快坐下吧！〔拉康顺子坐下〕

康顺子　四侄媳妇？

庞四奶奶　是呀，您离开庞家的时候，我还没过门哪。

康顺子　我跟庞家一刀两断啦，找我干吗？

庞四奶奶　您的四侄子海顺呀，是三皇道的大坛主，国民党的大党员，又是沈处长的把兄弟，快做皇上啦，您不喜欢吗？

康顺子　快做皇上？

庞四奶奶　啊！龙袍都做好啦，就快在西山登基！

康顺子　在西山？

小唐铁嘴　老太太，西山一带有八路军。庞四爷在那一带登基，消灭八路，南京能够不愿意吗？

庞四奶奶　四爷呀都好，近来可是有点贪酒好色。他已经弄了好几个小老婆！

小唐铁嘴　娘娘，三宫六院七十二嫔妃，可有书可查呀！

庞四奶奶　你不是娘娘，怎么知道娘娘的委屈！老太太，我是这么想：您要是跟我一条心，我叫您做老太后，咱们俩一齐管着皇上，我这个娘娘不就好做一点了吗？老太太，您跟我去，吃好的喝好的，兜儿里老带着那么几块当当响的洋钱，够多么好啊！

康顺子　我要是不跟你去呢？

庞四奶奶　啊？不去？〔要翻脸〕

小唐铁嘴　让老太太想想，想想！

康顺子　用不着想，我不会再跟庞家的人打交道！四媳妇，你做你的娘娘，我做我的苦老婆子，谁也别管谁！刚才你要瞪眼睛，你当我怕你吗？我在外边也混了这么多年，磨炼出来点了，谁跟我瞪眼，我会伸手打！〔立起，往后走〕

小唐铁嘴　老太太！老太太！

康顺子　〔立住，转身对小唐铁嘴〕你呀，小伙子，挺起腰板来，去挣碗干净饭吃，不好吗？〔下〕

庞四奶奶　〔移怒于王利发〕王掌柜，过来！你去跟那个老婆子说说，说好了，我送给你一袋子白面！说不好，我砸了你的茶馆！天师，走！

小唐铁嘴　王掌柜，我晚上还来，听你的回话！

王利发　万一我下半天就死了呢？

庞四奶奶　呸！你还不该死吗？〔与小唐铁嘴、春梅同下〕

王利发　哼！

邹福远　师弟，你看这算哪一出？哈哈哈！

卫福喜　我会二百多出戏，就是不懂这一出！你知道那个娘儿们的出身吗？

邹福远　我还能不知道！东霸天的女儿，在娘家就生过……得，别细说，我看这群浑蛋都有点回光返照，长不了！

| 王大拴回来。

王利发　看着点，老大。我到后面商量点事！〔下〕

小二德子　〔在外边大吼一声〕闪开了！〔进来〕大拴哥,沏壶顶好的，我有钱！〔掏出四块现洋，一块一块地放下〕给算算，刚才花了一块，这儿还有四块，五毛打一个，我一共打了几个？

王大拴　十个。

小二德子　〔用手指算〕对！前天四个，昨天六个，可不是十个！大拴哥，你拿两块吧！没钱，我白喝你的茶；有钱，就给你！你拿吧！〔吹一块，放在耳旁听听〕这块好，就一块当两块吧，给你！

王大拴　〔没接钱〕小二德子，什么生意这么好啊？现大洋不容易看到啊！

小二德子　念书去了！

王大拴　把“一”字都念成扁担，你念什么书啊？

小二德子　〔拿起桌上的壶来，对着壶嘴喝了一气，低声说〕市党部派我去的，法政学院。没当过这么美的差事，太美，太过瘾！比在天桥好得多！打一个学生，五毛现洋！昨天揍了几个来着？

王大拴　六个。

小二德子　对！里边还有两个女学生！一拳一拳地下去，太美，太过瘾！大拴哥，你摸摸，摸摸！〔伸臂〕铁筋洋灰的！用这个揍男女学生，你想想，美不美？

王大拴　他们就那么老实，乖乖地叫你打？

小二德子　我专找老实的打呀！你当我是傻子哪？

王大拴　小二德子，听我说，打人不对！

小二德子　可也难说！你看教党义的那个教务长，上课先把手枪拍在桌上，我不过抡抡拳头，没动手枪啊！

王大拴　什么教务长啊，流氓！

小二德子　对！流氓！不对，那我也是流氓喽！大拴哥，你怎么绕着脖子骂我呢？大拴哥，你有骨头！不怕我这铁筋洋灰的胳臂！

王大拴　你就是把我打死，我不服你还是不服你，不是吗？

小二德子　喝，这么绕脖子的话，你怎么想出来的？大拴哥，你应当去教党义，你有文才！好啦，反正今天我不再打学生！

王大拴　干吗光是今天不打？永远不打才对！

小二德子　不是今天我另有差事吗？

王大拴　什么差事？

小二德子　今天打教员！

王大拴　干吗打教员？打学生就不对，还打教员？

小二德子　上边怎么交派，我怎么干！他们说，教员要罢课。罢课就是不老实，不老实就得揍！他们叫我上这儿等着，看见教员就揍！

邹福远　〔嗅出危险〕师弟，咱们走吧！

卫福喜　走！〔同邹福远下〕

小二德子　大拴哥，你拿着这块钱吧！

王大拴　打女学生的钱，我不要！

小二德子　〔另拿一块〕换换，这块是打男学生的，行了吧？〔看王大拴还是摇头〕这么办，你替我看着点，我出去买点好吃的，请请你，活着还不为吃点喝点老三点吗？〔收起现洋，下〕

| 康顺子提着小包出来。王利发与周秀花跟着。

康顺子　王掌柜，你要是改了主意，不让我走，我还可以不走！

王利发　我……

周秀花　庞四奶奶也未必敢砸茶馆！

王利发　你怎么知道？三皇道是好惹的？

康顺子　我顶不放心的还是大力的事！只要一走漏了消息，大家全完！那比砸茶馆更厉害！

王大拴　大婶，走！我送您去！爸爸，我送送她老人家，可以吧？

王利发　嗯——

周秀花　大婶在这儿受了多少年的苦，帮了咱们多少忙，还不应当送送？

王利发　我并没说不叫他送！送！送！

王大拴　大婶，等等，我拿件衣服去！〔下〕

周秀花　爸，您怎么啦？

王利发　别再问我什么，我心里乱！一辈子没这么乱过！媳妇，你先陪大婶走，我叫老大追你们！大婶，外边不行啊，就还回来！

周秀花　老太太，这儿永远是您的家！

王利发　可谁知道也许……

康顺子　我也不会忘了你们！老掌柜，你硬硬朗朗的吧！〔同周秀花下〕

王利发　〔送了两步，立住〕硬硬朗朗的干什么呢？

| 谢勇仁和于厚斋进来。

谢勇仁　〔看看墙上，先把茶钱放在桌上〕老人家，沏一壶来。〔坐〕

王利发　〔先收钱〕好吧。

于厚斋　勇仁，这恐怕是咱们末一次坐茶馆了吧？

谢勇仁　以后我倒许常来。我决定改行，去蹬三轮儿！

于厚斋　蹬三轮一定比当小学教员强！

谢勇仁　我偏偏教体育，我饿，学生们饿，还要运动，不是笑话吗？

| 王小花跑进来。

王利发　小花，怎这么早就下了学呢？

王小花　老师们罢课啦！〔看见于厚斋、谢勇仁〕于老师，谢老师！你们都没上学去，不教我们啦？还教我们吧！见不着老师，同学们都哭啦！我们开了个会，商量好，以后一定都守规矩，不招老师们生气！

于厚斋　小花！老师们也不愿意耽误了你们的功课。可是，吃不上饭，怎么教书呢？我们家里也有孩子，为教别人的孩子，叫自己的孩子挨饿，不是不公道吗？好孩子，别着急，喝完茶，我们开会去，也许能够想出点办法来！

谢勇仁　好好在家温书，别乱跑去，小花！

| 王大拴由后面出来，夹着个小包。

王小花　爸，这是我的两位老师！

王大拴　老师们，快走！他们埋伏下了打手！

王利发　谁？

王大拴　小二德子！他刚出去，就回来！

王利发　二位先生，茶钱退回，〔递钱〕请吧！快！

王大拴　随我来！

| 小二德子上。

小二德子　街上有游行的，他妈的什么也买不着！大拴哥，你上哪儿？这俩是谁？

王大拴　喝茶的！〔同于厚斋、谢勇仁往外走〕

小二德子　站住！〔三人还走〕怎么？不听话？先揍了再说！

王利发　小二德子！

小二德子　〔拳已出去〕尝尝这个！

谢勇仁　〔上面一个嘴巴，下面一脚〕尝尝这个！

小二德子　哎哟！〔倒下〕

王小花　该！该！

谢勇仁　起来，再打！

小二德子　〔起来，捂着脸〕喝！喝！〔往后退〕喝！

王大拴　快走！〔扯二人下〕

小二德子　〔迁怒〕老掌柜，你等着吧，你放走了他们，待会儿我跟你算账！打不了他们，还打不了你这个糟老头子吗？〔下〕

王小花　爷爷，爷爷！小二德子追老师们去了吧？那可怎么好！

王利发　他不敢！这路人我见多了，都是软的欺，硬的怕！

王小花　他要是回来打您呢？

王利发　我？爷爷会说好话呀。

王小花　爸爸干什么去了？

王利发　出去一会儿，你甭管！上后边温书去吧，乖！

王小花　老师们可别吃了亏呀，我真不放心！〔下〕

| 丁宝跑进来。

丁　宝　老掌柜，老掌柜！告诉你点事！

王利发　说吧，姑娘！

丁　宝　小刘麻子呀，没安着好心，他要霸占这个茶馆！

王利发　怎么霸占？这个破茶馆还值得他们霸占？

丁　宝　待会儿他们就来，我没工夫细说，你打个主意吧！

王利发　姑娘，我谢谢你！

丁　宝　我好心好意来告诉你，你可不能卖了我呀！

王利发　姑娘，我还没老糊涂了！放心吧！

丁　宝　好！待会儿见！〔下〕

| 周秀花回来。

周秀花　爸，他们走啦。

王利发　好！

周秀花　小花的爸说，叫您放心，他送到了地方就回来。

王利发　回来不回来都随他的便吧！

周秀花　爸，您怎么啦？干吗这么不高兴？

王利发　没事！没事！看小花去吧。她不是想吃热汤面吗？要是还有点面的话，给她做一碗吧，孩子怪可怜的，什么也吃不着！

周秀花　一点白面也没有！我看看去，给她做点杂合面疙瘩汤吧！〔下〕

小唐铁嘴回来。

小唐铁嘴　王掌柜，说好了吗？

王利发　晚上，晚上一定给你回话！

小唐铁嘴　王掌柜，你说我爸爸白喝了一辈子的茶，我送你几句救命的话，算是替他还账吧。告诉你，三皇道现在比日本人在这儿的时候更厉害，砸你的茶馆比砸个砂锅还容易！你别太大意了！

王利发　我知道！你既买我的好，又好去对娘娘表表功！是吧？

小宋恩子和小吴祥子进来，都穿着新洋服。

小唐铁嘴　二位，今天可够忙的？

小宋恩子　忙得厉害！教员们大暴动！

王利发　二位，“罢课”改了名儿，叫“暴动”啦？

小唐铁嘴　怎么啦？

小吴祥子　他们还能反到天上去吗？到现在为止，已经抓了一百多，打了七十几个，叫他们反吧！

小宋恩子　太不知好歹！他们老老实实的，美国会送来大米、白面嘛！

小唐铁嘴　就是！二位，有大米、白面，可别忘了我！以后，给大家的坟地看风水，我一定尽义务！好！二位忙吧！〔下〕

小吴祥子　你刚才问，“罢课”改叫“暴动”啦？王掌柜！

王利发　岁数大了，不懂新事，问问！

小宋恩子　哼！你就跟他们是一路货！

王利发　我？您太高抬我啦！

小吴祥子　我们忙，没工夫跟你废话，说干脆的吧！

王利发　什么干脆的？

小宋恩子　教员们暴动，必有主使的人！

王利发　谁？

小吴祥子　昨天晚上谁上这儿来啦？

王利发　康大力！

小宋恩子　就是他！你把他交出来吧！

王利发　我要是知道他是哪路人，还能够随便说出来吗？我跟你们的爸爸打交道多少年，还不懂这点道理？

小吴祥子　甭跟我们拍老腔，说真的吧！

王利发　交人，还是拿钱，对吧？

小宋恩子　你真是我爸爸教出来的！对啦，要是不交人，就把你的金条拿出来！别的铺子都随开随倒，你可混了这么多年，必定有点底！

｜小二德子匆匆跑来。

小二德子　快走！街上的人不够用啦！快走！

小吴祥子　你小子管干吗的？

小二德子　我没闲着，看，脸都肿啦！

小宋恩子　掌柜的，我们马上回来，你打主意吧！

王利发　不怕我跑了吗？

小吴祥子　老梆子，你真逗气儿！你跑到阴间去，我们也会把你抓回来！〔打了王利发一掌，同小宋恩子、小二德子下〕

王利发　〔向后叫〕小花！小花的妈！

周秀花　〔同王小花跑出来〕我都听见了！怎么办？

王利发　快走！追上康妈妈！快！

王小花　我拿书包去！〔下〕

周秀花　拿上两件衣裳，小花！爸，剩您一个人怎么办？

王利发　这是我的茶馆，我活在这儿，死在这儿！

| 王小花挎着书包，夹着点东西跑回来。

周秀花　爸爸！

王小花　爷爷！

王利发　都别难过，走！〔从怀中掏出所有的钱和一张旧相片〕媳妇，拿着这点钱！小花，拿着这个，老裕泰三十年前的相片，交给你爸爸！走吧！

| 小刘麻子同丁宝回来。

小刘麻子　小花，教员罢课，你住姥姥家去呀？

王小花　对啦！

王利发　〔假意地〕媳妇，早点回来！

周秀花　爸，我们住两天就回来！〔同王小花下〕

小刘麻子　王掌柜，好消息！沈处长批准了我的计划！

王利发　大喜，大喜！

小刘麻子　您也大喜，处长也批准修理这个茶馆！我一说，处长说好！他呀老把“好”说成“蒿”，特别有个洋味儿！

王利发　都是怎么一回事？

小刘麻子　从此你算省心了！这儿全属我管啦，你搬出去！我先跟你说好了，省得以后你麻烦我！

王利发　那不能！凑巧，我正想搬家呢。

丁　宝　小刘，老掌柜在这儿多少年啦，你就不照顾他一点吗？

小刘麻子　看吧！我办事永远厚道！王掌柜，我接处长去，叫他看看这个地方。你把这儿好好收拾一下！小丁宝，你把小心眼找来，迎接处长！带点香水，好好喷一气，这里臭烘烘的！走！〔同丁宝下〕

王利发　好！真好！太好！哈哈哈！

| 常四爷提着小筐进来，筐里有些纸钱和花生米。他虽年过七十，可是腰板还不太弯。

常四爷　什么事这么好哇，老朋友！

王利发　哎哟！常四哥！我正想找你这么一个人说说话儿呢！我沏一壶顶好的茶来，咱们喝喝！〔去沏茶〕

| 秦仲义进来。他老的不像样子了，衣服也破旧不堪。

秦仲义　王掌柜在吗？

常四爷　在！您是……

秦仲义　我姓秦。

常四爷　秦二爷！

王利发　〔端茶来〕谁？秦二爷？正想去告诉您一声，这儿要大改良！坐！坐！

常四爷　我这儿有点花生米，〔抓〕喝茶吃花生米，这可真是个乐子！

秦仲义　可是谁嚼得动呢？

王利发　看多么邪门，好容易有了花生米，可全嚼不动！多么可笑！怎样啊？秦二爷！〔都坐下〕

秦仲义　别人都不理我啦，我来跟你说说：我到天津去了一趟，看看我的工厂！

王利发　不是没收了吗？又物归原主啦？这可是喜事！

秦仲义　拆了！

常四爷
王利发　拆了？

秦仲义　拆了！我四十年的心血啊，拆了！别人不知道，王掌柜你知道：我从二十多岁起，就主张实业救国。到而今……抢去我的工厂，好，我的势力小，干不过他们！可倒好好地办哪，那是富国裕民的事业呀！结果，拆了，机器都当碎铜烂铁卖了！全世界，全世界找得到这样的政府找不到？我问你！

王利发　当初，我开得好好的公寓，您非盖仓库不可。看，仓库查封，货物全叫他们偷光！当初，我劝您别把财产都出手，您非都卖了开工厂不可！

常四爷　还记得吧？当初，我给那个卖小妞的小媳妇一碗面吃，您还说风凉话呢。

秦仲义　现在我明白了！王掌柜，求你一件事吧：〔掏出一二机器小零件和一支钢笔管来〕工厂拆平了，这是我由那儿捡来的小东西。这支笔上刻着我的名字呢，它知道，我用它签过多少张支票，写过多少计划书。我把它们交给你，没事的时候，你可以跟喝茶的人们当个笑话谈谈，你说呀：当初有那么一个不知好歹的秦某人，爱办实业。办了几十年，临完他只由工厂的土堆里捡回来这么点小东西！你应当劝告大家，有钱哪，就该吃喝嫖赌，胡作非为，可千万别干好事！告诉他们哪，秦某人七十多岁了才明白这点大道理！他是天生来的笨蛋！

王利发　您自己拿着这支笔吧，我马上就搬家啦！

常四爷　搬到哪儿去？

王利发　哪儿不一样呢！秦二爷，常四爷，我跟你们不一样：二爷财大业大心胸大，树大可就招风啊！四爷你，一辈子不服软，敢作敢当，专打抱不平。我呢，做了一辈子顺民，见谁都请安、鞠躬、作揖。我只盼着呀，孩子们有出息，冻不着，饿不着，没灾没病！可是，日本人在这儿，二拴子逃跑啦，老婆想儿子想死啦！好容易，日本人走啦，该缓一口气了吧？谁知道，〔惨笑〕哈哈，哈哈，哈哈！

常四爷　我也不比你强啊！自食其力，凭良心干了一辈子啊，我一事无成！七十多了，只落得卖花生米！个人算什么呢，我盼哪，盼哪，只盼国家像个样儿，不受外国人欺侮。可是……哈哈！

秦仲义　日本人在这儿，说什么合作，把我的工厂就合作过去了。咱们的政府回来了，工厂也不怎么又变成了逆产。仓库里〔指后边〕有多少货呀，全完！哈哈！

王利发　改良，我老没忘了改良，总不肯落在人家后头。卖茶不行啊，开公寓。公寓没啦，添评书！评书也不叫座儿呀，好，不怕丢人，想添女招待！人总得活着吧？我变尽了方法，不过是为活下去！是呀，该贿赂的，我就递包袱。我可没做过缺德的事，伤天害理的事，为什么就不叫我活着呢？我得罪了谁？谁？皇上，娘娘那些狗男女都活得有滋有味的，单不许我吃窝窝头，谁出的主意？

常四爷　盼哪，盼哪，只盼谁都讲理，谁也不欺侮谁！可是，眼看着老朋友们一个个的不是饿死，就是叫人家杀了，我呀就是有眼泪也流不出来喽！松二爷，我的朋友，饿死啦，连棺材还是我给他化缘化来的！他还有我这么个朋友，给他化了一口四块板的棺材；我自己呢？我爱咱们的国呀，可是谁爱我呢？看，〔从筐中拿出些纸钱〕遇见出殡的，我就捡几张纸钱。没有寿衣，没有棺材，我只好给自己预备下点纸钱吧，哈哈，哈哈！

秦仲义　四爷，让咱们祭奠祭奠自己，把纸钱撒起来，算咱们三个老头子的吧！

王利发　对！四爷，照老年间出殡的规矩，喊喊！

常四爷　〔立起，喊〕四角儿的跟夫，本家赏钱一百二十吊！〔撒起几张纸钱〕①

秦仲义
王利发　一百二十吊！

秦仲义　〔一手拉住一个〕我没得说了，再见吧！〔下〕

王利发　再见！

常四爷　再喝你一碗！〔一饮而尽〕再见！〔下〕

王利发　再见！

| 丁宝与小心眼进来。

丁　宝　他们来啦，老大爷！〔往屋中喷香水〕

王利发　好，他们来，我躲开！〔捡起纸钱，往后边走〕

小心眼　老大爷，干吗撒纸钱呢？

王利发　谁知道！〔下〕

| 小刘麻子进来。

小刘麻子　来啦！一边一个站好！

| 丁宝、小心眼分左右在门内立好。

| 门外有汽车停住声，先进来两个宪兵。沈处长进来，穿军便服；高靴，带马刺；手执小鞭。后面跟着二宪兵。

沈处长　〔检阅似的，看丁宝、小心眼，看完一个说一声〕好〔蒿〕！

| 丁宝摆上一把椅子，请沈处长坐。

小刘麻子　报告处长，老裕泰开了六十多年，九城闻名，地点也好，借着这个老字号，做我们的一个据点，一定成功！我

---

① 旧时代北京富人出殡，要用三十二人、四十八人或六十四人抬棺材，也叫抬杠。另有四位杠夫拿着拨旗，在四角跟随。杠夫换班须注意拨旗，以便进退有序；一班也叫一拨儿。起杠时和路祭时，领杠者须喊“加钱”——本家或姑奶奶赏给杠夫酒钱。加钱数目须夸大地喊出。在喊加钱时，有人会撒起纸钱。

打算照旧卖茶，派〔指〕小丁宝和小心眼做招待。有我在这儿监视着三教九流，各色人等，一定能够得到大量的情报，捉拿共产党！

沈处长　好〔蒿〕！

丁宝由宪兵手里接过骆驼牌烟，上前献烟；小心眼接过打火机，点烟。

小刘麻子　后面原来是仓库，货物已由处长都处理了，现在空着。我打算修理一下，中间做小舞厅，两旁布置几间卧室，都带卫生设备。处长清闲的时候，可以来跳跳舞，玩玩牌，喝喝咖啡。天晚了，高兴住下，您就住下。这就算是处长个人的小俱乐部，由我管理，一定要比公馆里更洒脱一点，方便一点，热闹一点！

沈处长　好〔蒿〕！

丁　宝　处长，我可以请示一下吗？

沈处长　好〔蒿〕！

丁　宝　这儿的老掌柜怪可怜的。好不好给他做一身制服，叫他看看门，招呼贵宾们上下汽车？他在这儿几十年了，谁都认识他，简直可以算是老头儿商标！

沈处长　好〔蒿〕！传！

小刘麻子　是！〔往后跑〕王掌柜！老掌柜！我爸爸的老朋友，老大爷！〔入。过一会儿又跑回来〕报告处长，他也不是怎么上了吊，吊死啦！

沈处长　好〔蒿〕！好〔蒿〕！

——幕落・全剧终

附 录

此剧幕与幕之间须留较长时间，以便人物换装，故拟由一人〔也算剧中人〕唱几句快板，使休息时间不显着过长，同时也可以略略介绍剧情。

第一幕　幕前

〔我〕大傻杨，打竹板儿，一来来到大茶馆儿。
大茶馆，老裕泰，生意兴隆真不赖。
茶座多，真热闹，也有老来也有少；
有的说，有的唱，穿章打扮一人一个样；
有提笼，有架鸟，蛐蛐蝈蝈也都养的好；
有的吃，有的喝，没有钱的只好白瞧着。
爱下棋，〔您〕来两盘儿，赌一卖〔碟〕干炸丸子外撒胡椒盐儿。
讲排场，讲规矩，咳嗽一声都像唱大戏。
有一样，听我说：莫谈国事您得老记着。
哼！国家事〔可〕不好了，黄龙旗子一天倒比一天威风小。
文武官，有一宝，见着洋人赶快跑。

外国货，堆成山，外带贩卖鸦片烟。

最苦是，乡村里，没吃没穿逼得卖儿女。

官儿阔，百姓穷，朝中出了一个谭嗣同，

讲维新，主意高，还有那康有为和梁启超。

这件事，闹得凶，气得太后咬牙切齿直哼哼。

她要杀，她要砍，讲维新的都是要造反。

这些事，别多说，说着说着就许掉脑壳。

| 幕徐启。大傻杨入茶馆。

打竹板，迈大步，走进茶馆找主顾。

哪位爷，愿意听，《辕门斩子》来了穆桂英。

| 王利发来干涉。

王掌柜，大发财，金银元宝一齐来。

您有钱，我有嘴，数来宝的是穷鬼。〔下〕

第二幕　幕前

打竹板，我又来，数来宝的还是没发财。

现而今，到民国，剪了小辫还是没有辙。

王掌柜，动脑筋，事事改良讲维新。

〔低声〕动脑筋，白费力，胳臂拧不过大腿去。

闹军阀，乱打仗，白脸的进去黑脸的上，

赵打钱，孙打李，赵钱孙李乱打一炮谁都不讲理。

为打仗，要枪炮，一堆一堆给洋人老爷送钞票。

为卖炮，为卖枪，帮助军阀你占黄河他占扬子江。

老百姓，遭了殃，大兵一到粮食牲口一扫光。

王掌柜，会改良，茶馆好像大学堂，

后边住，大学生，说话文明真好听。

就怕呀，兵野蛮，进来几个茶馆就玩完。

先别说，丧气话，给他道喜是个好办法。

他开张，我道喜，编点新词我也了不起。〔下〕

〔又上〕老裕泰，大改良，万事亨通一天准比一天强。

| **王利发**　今天不打发，明天才开张哪。

明天好，明天妙，金银财宝齐来到。

| 炮响。

您开张，他开炮，明天准唱《虮蜡庙》。

| **王利发**　去你的吧！

| 傻杨下。

第三幕　幕前

树木老，叶儿稀，人老毛腰把头低。

甭说我，混不了，王掌柜的也过不好。

〔他〕钱也光，人也老，身上剩了一件破棉袄。

自从那，日本兵，八年占据老北京。

人人苦，没法提，不死也掉一层皮。

好八路，得人心，一阵一阵杀退日本军。

盼星星，盼月亮，盼到胜利大家有希望。

〔哼〕国民党，进北京，横行霸道一点不让日本兵。

王掌柜，委屈多，跟我一样半死半活着。

老茶馆，破又烂，想尽法子也没法办。
天可怜，地可怜，就是官老爷有洋钱。〔下〕

| 王掌柜死后，傻杨再上，见小丁宝正在落泪。
小姑娘，别这样，黑到头儿天会亮。
小姑娘，别发愁，西山的泉水向东流。
苦水去，甜水来，谁也不再做奴才。

* 初载一九五七年七月《收获》创刊号，一九五八年六月由中国戏剧出版社出版修订本，一九五九年再次修订后收入人民文学出版社《老舍剧作选》。

龙须沟

（三幕六场话剧）

人物表

王大妈——五十岁的寡妇，吃苦耐劳，可是胆子小，思想旧。她的大女儿已出嫁，二女儿正在议婚。母女以焊镜子的洋铁边儿和做针线活为业。简称大妈。

王二春——王大妈的二女儿，十九岁。她认识几个字，很想嫁到别处去，离开臭沟沿儿。简称二春。

丁四嫂——三十岁左右，心眼怪好，嘴可厉害，有点嘴强身子弱。她的手很伶俐，能做活挣钱。简称四嫂。

丁四爷——三十岁左右，四嫂的丈夫，三心二意的，可好可坏；蹬三轮车为业。他因厌恶门外的臭沟，工作不大起劲。简称丁四。

丁二嘎子——十二岁，丁四的儿子，不上学，天天去捡煤核儿，摸螺蛳什么的。简称二嘎。

丁小妞——二嘎的妹妹，九岁。不上学，随着哥哥乱跑。简称小妞。

程疯子——四十多岁。原是相当好的曲艺艺人，因受压迫，不能登台，搬到贫民窟来——可还穿着长衫。他有点神神气气的，不会以劳力换钱，可常帮忙别人。他会唱，尤以数来宝见长。简称疯子。

程娘子——程疯子的妻，三十多岁。会做活，也会到晓市上做小买卖；虽常骂丈夫，可是甘心养活着他。疯子每称她为“娘子”，即成了她的外号。简称娘子。

赵老头——六十岁，没儿没女，为人正直好义，泥水匠。简称赵老。

刘巡长——四十来岁。能说会道，善于敷衍，心地很正。简称巡长。

冯狗子——二十五岁。给恶霸黑旋风作狗腿。简称狗子。

刘掌柜——小茶馆的掌柜，六十多岁。简称掌柜。

地痞一人。

警察二人。

青年一人。

群众数人。

第一幕

时　间　北京解放前，一个初夏的上午，昨夜下过雨。

地　点　龙须沟。这是北京天桥东边的一条有名的臭沟，沟里全是红红绿绿的稠泥浆，夹杂着垃圾、破布、死老鼠、死猫、死狗和偶尔发现的死孩子。附近硝皮作坊、染坊所排出的臭水，和久不清除的粪便，都聚在这里一齐发霉。不但沟水的颜色变成红红绿绿，而且气味也教人从老远闻见就要作呕,所以这一带才俗称为“臭沟沿”。沟的两岸，密密层层地住满了卖力气的、要手艺的，各色穷苦劳动人民。他们终日终年乃至终生，都挣扎在那肮脏腥臭的空气里。他们的房屋随时有倒塌的危险，院中大多数没有厕所，更谈不到厨房；没有自来水，只能喝又苦又咸又发土腥味的井水；到处是成群的跳蚤，打成团的蚊子，和数不过来的臭虫，黑压压成片的苍蝇，传染着疾病。

每逢下雨，不但街道整个地变成泥塘，而且臭沟的水就漾出槽来，带着粪便和大尾巴蛆，流进居民们比街道还低的院内、屋里，淹湿了一切的东西。遇到六月下连阴雨的时候，臭水甚至带着死猫、死狗、死孩子冲到土炕上面，大蛆在满屋里蠕动着，人就仿佛是其中的一个蛆虫，也凄惨地蠕动着。

布　景　龙须沟的一个典型小杂院。院子不大，只有四间东倒西歪的破土房。门窗都是东拼西凑的，一块是老破花格窗，一块是“洋式”窗子改的，另一块也许是日本式的旧拉门儿，上边有的糊着破碎不堪发了霉的旧报纸，有的干脆钉上破木板或碎席子，即或有一半块小小的破玻璃，也已被尘土、煤烟子和风沙等等给弄得不很透亮了。

北房是王家，门口摆着水缸和破木箱，一张长方桌放在从云彩缝里射出来的阳光下，上边晒着大包袱。王大妈正在生着焊活和做饭两用的小煤球炉子。东房，右边一间是丁家，屋顶上因为漏雨，盖着半领破苇席，用破砖压着，绳子拴着，檐下挂着一条旧车胎；门上挂着补了补丁的破红布门帘，门前除了一个火炉和几件破碎三轮车零件外，几乎是一无所有。左边一间是程家，门上挂着下半截已经脱落了的破竹帘子；窗户上糊着许多香烟画片；门前有一棵发育不全的小枣树，借着枣树搭起一个小小的喇叭花架子。架的下边，靠左上角有一座泥砌的柴灶。程娘子正在用捡来的柴棍儿烧火，蒸窝窝头，给疯子预备早饭。（这一带的劳动人民，大多数一天只吃两顿饭。）柴灶的后边是塌倒了的半截院墙墙角，从这里可以看见远处的房子，稀稀落落的电线杆子，和一片阴沉的天空。南边中间是这个小杂院的大门，又低又窄，出来进去总得低头。大门外是一条狭窄的小巷，对面有一所高大而破旧的房子，房角上高高地悬着一块金字招牌“当”。左边中间又是一段破墙，左下是赵老头儿所住的一间屋子，门关着，门前放着泥瓦匠所用的较大工具；一条长凳，一口倒放着的破缸，缸后堆着垃圾，碎砖头。娘子的香烟摊子，出卖的茶叶和零星物品，就暂借这些地方晒着。满院子横七竖八的绳子上，晒着各家的破衣破被。脚下全是湿泥，有的地方垫着炉灰，砖头或木板。房子的墙根墙角全发了霉，生了绿苔。天上的云并没有散开，乌云在移动着，太阳一阵露出来，一阵又藏进去。

幕启：门外陆续有卖青菜的、卖猪血的、卖驴肉的、卖豆腐的、剃头的、买破烂的和“打鼓儿”的声音，还有买菜还价的争吵声，附近有铁匠作坊的打铁声，织布声，做洋铁盆洋铁壶的敲打声。

程娘子坐在柴灶前的小板凳上添柴烧火。小妞子从大门前的墙根搬过一些砖头来，把院子铺出一条走道。丁四嫂正在用破盆在屋门口舀屋子里渗进去的雨水。二春抱着几件衣服走出来，仰着头正看刚露出来的太阳，把衣服搭在绳子上晒。大妈生好了煤球炉子，仰头看着天色，小心翼翼地抱起桌上的大包袱来，往屋里收。二春正走到房门口，顺手接进去。大妈从门口提一把水壶，往水缸走去，可是不放心二春抱进去的包袱，眼睛还盯在二春的身上。大妈用水瓢由水缸里取水，置壶炉上，坐下，开始做活。

四　嫂　〔递给妞子一盆水〕你要是眼睛不瞧着地，摔了盆，看我不好好揍你一顿！

小　妞　你怎么不管哥哥呢？他一清早就溜出去，什么事也不管！

四　嫂　他？你等着，等他回来，我不揍扁了他才怪！

小　妞　爸爸呢，干脆就不回来！

四　嫂　甭提他！他回来，我要不跟他拼命，我改姓！

疯　子　〔在屋里，数来宝〕叫四嫂，别去拼，一日夫妻百日恩！

娘　子　〔把隔夜的窝头蒸上〕你给我起来，屋里精湿的，躺什么劲儿！

疯　子　叫我起，我就起，尊声娘子别生气！

小　妞　疯大爷，快起呀，跟我玩！

四　嫂　你敢去玩！快快倒水去，弄完了我好做活！晌午的饭还没辙哪！

疯　子　〔穿破夏布大衫，手持芭蕉扇，一劲地扇，似欲赶走臭味；出来，向大家点头〕王大妈！娘子！列位大嫂！姑娘们！

小　妞　〔仍不肯去倒水〕大爷！唱！唱！我给你打家伙！

四　嫂　〔过来〕先干活儿！倒在沟里去！〔妞子出去〕

娘　子　你这么大的人，还不如小妞子呢！她都帮着大人做点事，看你！

疯　子　娘子差矣！〔数来宝〕想当初，在戏园，唱玩意儿，挣洋钱，欢欢喜喜天天像过年！受欺负，丢了钱，臭鞋、臭袜、臭沟、臭水，臭人、臭地熏得我七窍冒黑烟！〔弄水洗脸〕

娘　子　你呀！我这辈子算倒了霉啦！

四　嫂　别那么说，他总比我的那口子强点，他不是这儿〔指头部〕有点毛病吗？我那口子没毛病，就是不好好地干！拉不着钱，他泡蘑菇；拉着钱，他能一下子都喝了酒！

疯　子　〔一边擦脸，一边说〕我这里，没毛病，臭沟熏得我不爱动。

| 外面有吆喝豆腐声。

疯　子　有一天，沟不臭，水又清，国泰民安享太平。〔坐下吃窝头〕

小　妞　〔进来，模仿数来宝的竹板声〕呱唧呱唧呱唧呱。

娘　子　〔提起香烟篮子〕王大妈，四嫂，多照应着点，我上市去啦。

大　妈　街上全是泥，你怎么摆摊子呢？

娘　子　我看看去！我不弄点钱来，吃什么呢？这个鬼地方，一阴天，我心里就堵上个大疙瘩！赶明儿六月连阴天，就得瞪着眼挨饿！〔往外走，又立住〕看，天又阴得很沉！

小　妞　妈，我跟娘子大妈去！

四　嫂　你给我乖乖地在这里，哪儿也不准去！〔扫阶下的地〕

小　妞　我偏去！我偏去！

娘　子　〔在门口〕妞子，你等着，我弄来钱，一定给你带点吃的来。乖！外边呀，精湿烂滑的，滑到沟里去可怎么办！

疯　子　叫娘子，劳您驾，也给我带个烧饼这么大。〔用手比，有碗那么大〕

娘　子　你呀，呸！烧饼，我连个芝麻也不会给你买来！〔下〕

小　妞　疯大爷，娘子一骂你，就必定给你买好吃的来！

四　嫂　唉，娘子可真有本事！

疯　子　谁说不是！我不是不想帮忙啊，就是帮不上！看她这么打里打外的，我实在难受！可是……唉！什么都甭说了！

赵　老　〔出来〕哎哟！给我点水喝呀！

疯　子　赵大爷醒啦！

二　春
小　妞　〔跑过去〕怎样啦？怎样啦？

大　妈　只顾了穷忙，把他老人家忘了。二春，先坐点开水！

二　春　〔往回跑〕我找汆子去。〔入屋中〕

四　嫂　〔开始坐在凳上做活〕赵大爷，你要点什么呀？

疯　子　丁四嫂，你很忙，侍候病人我在行！

二　春　〔提汆子出来，将壶中水倒入汆子，置炉上，去看看缸〕妈，水就剩了一点啦！

小　妞　我打水去！

四　嫂　你歇着吧！那么远，满是泥，你就行啦？

疯　子　我弄水去！不要说，我无能，沏茶灌水我还行！帮助人，真体面，什么活儿我都干！

大　妈　〔立起〕大哥，是发疟子吧？

赵　老　〔点头〕唉！刚才冷得要命，现在又热起来啦！

疯　子　王大妈，给我桶。

大　妈　四嫂，教妞子帮帮吧！疯子笨手笨脚的，再滑到臭沟里去！

四　嫂　〔迟顿了一下〕妞子，去吧！可留点神，慢慢走！

小　妞　疯大爷，咱们俩先抬一桶；来回二里多地哪！多了抬不动！〔找到木棍〕你拿桶。

二　春　〔把桶递给疯子〕不脱了大褂呀？省得溅上泥点子！

疯　子　〔接桶〕我里边，没小褂，光着脊梁不像话！

小　妞　呱唧呱唧呱唧呱。〔同疯子下〕

大　妈　大哥，找个大夫看看吧？

赵　老　有钱，我也不能给大夫啊！唉！年年总有这么一场，还老在这个时候！正是下过雨，房倒屋塌，有活做的时候，偏发疟子！打过几班儿呀，人就软得像棉花！多么要命！给我点水喝呀，我渴！

大　妈　二春，扇扇火！

赵　老　善心的姑娘，行行好吧！

四　嫂　赵大爷，到药王庙去烧股香，省得疟子鬼儿老跟着您！

二　春　四嫂，蚊子叮了才发疟子呢。看咱们这儿，蚊子打成团。

大　妈　姑娘人家，少说话；四嫂不比你知道得多！〔又坐下〕

二　春　〔倒了一黄砂碗开水，送到病人跟前〕您喝吧，赵大爷！

赵　老　好姑娘！好姑娘！这碗热水救了老命喽！〔喝〕

二　春　〔看赵老用手赶苍蝇，借来四嫂的芭蕉扇给他扇〕赵大爷，我这可真明白了姐姐为什么一去不回头！

大　妈　别提她，那个没良心的东西！把她养大成人，聘出去，她会不来看我一眼！二春，你别再跟她学，扔下妈妈没人管！

二　春　妈，您也难怪姐姐。这儿是这么脏，把人熏也熏疯了！

大　妈　这儿脏，可有活儿干呢！九城八条大街，可有哪儿能像这里挣钱这么方便？就拿咱们左右的邻居说，这么多人家里只有程疯子一个闲人。地方干净有什么用，没得吃也得饿死！

二　春　这儿挣钱方便，丢钱也方便。一下雨，摆摊子的摆不上，卖力气的出不去，不是瞪着眼挨饿？臭水往屋里跑，把什么东西都淹了，哪样不是钱买的？

四　嫂　哼，昨儿个夜里，我蹲在炕上，打着伞，把这些背心顶在头上。自己的东西弄湿了还好说，弄湿了活计，赔得起吗！

二　春　因为脏，病就多。病了耽误做活，还得花钱吃药！

大　妈　别那么说。俗语说得好："不干不净，吃了没病！"我在这儿住了几十年，还没敢抱怨一回！

二　春　赵大爷，您说。您年年发疟子，您知道。

大　妈　你教大爷歇歇吧，他病病歪歪的！我明白你的小心眼里都憋着什么坏呢！

二　春　我憋着什么坏？您说！

大　妈　哼，没事儿就往你姐姐那儿跑。她还不唧唧咕咕，说什么龙须沟脏，龙须沟臭！她也不想想，这是她生身之地；刚离开这儿几个月，就不肯再回来，说一到这儿就要吐；真遭罪呀！甭你小眼睛眨巴眨巴地看着我！我不再上当，不再把女儿嫁给外边人！

二　春　那么我一辈子就老在这儿？连解手儿都得上外边去？

大　妈　这儿不分男女，只要肯动手，就有饭吃；这是真的，别的都是瞎扯！这儿是宝地！要不是宝地，怎么越来人越多？

二　春　没看见过这样的宝地！房子没有一间整的，一下雨就砸死人，宝地！

赵　老　姑娘，有水再给我点！

二　春　〔接碗〕有，那点水都是您的！

赵　老　那敢情好！

大　妈　您不吃点什么呀？

赵　老　不想吃，就是渴！

四　嫂　发疟子伤气，得吃呀，赵大爷！

二　春　〔端来水〕给您！

赵　老　劳驾！劳驾！

二　春　不劳驾！

赵　老　姑娘，我告诉你几句好话。

二　春　您说吧！

赵　老　龙须沟啊，不是坏地方！

大　妈　我说什么来着？赵大爷也这么说不是？

赵　老　地好，人也好。就有两个坏处。

二　春　哪两个？

四　嫂　〔拿着活计凑过来〕您说说！

赵　老　做官的坏，恶霸坏！

大　妈　大哥，咱们说话，街上听得见，您小心点！

| 天阴上来，阳光被云遮住。

赵　老　我知道！可是，我才不怕！六十岁了，也该死了，我怕什么？

大　妈　别那么说呀，好死不如赖活着！

赵　老　做官儿的坏……

| 刘巡长，腰带在手中拿着，像去上班的样子，由门外经过。

大　妈　〔打断赵的话〕赵大爷，有人……〔二春急跑到大门口去看〕二春，过来！

二　春　〔在门口〕刘巡长！

四　嫂　〔跑到门口〕刘巡长，进来坐坐吧！

巡　长　四嫂子，我该上班儿了。

四　嫂　进来坐坐，有话跟您说！

巡　长　〔走进来〕有什么话呀？四嫂！

四　嫂　您给二嘎子……

大　妈　啊，刘巡长，怎么这么闲在呀？

巡　长　我正上班儿去，四嫂子把我叫住了。〔转身〕赵大爷，您好吧？

大　妈　哪儿呀，又发上疟子啦！

巡　长　这是怎么说的！吃药了吗？

赵　老　我才不吃药！

巡　长　总得抓剂药吃！你要是老不好，大妈、四嫂都得给您端茶送水的……

二　春　不要紧，有我侍候他呢！

巡　长　那也耽误做活呀！这院儿里谁也不是有三有俩的。就拿四嫂说，丁四成天际不照面……

四　嫂　可说的是呢！我请您进来，就为问问您给二嘎子找个地方学徒的事，怎么样了呢？

巡　长　我没忘了，可是，唉，这年月，物价一天翻八个跟头，差不多的规矩买卖全关了门，您叫我上哪儿给他找事去呢！

大　妈　唉，刘巡长的话也对！

四　嫂　刘巡长，二嘎子呀可是个肯下力、肯吃苦的孩子！您就多给分分心吧！

巡　长　得，四嫂，我必定在心！我说四嫂，教四爷可留点神，别喝了两盅，到处乱说去！〔低声〕前儿个半夜里查户口，又弄下去五个！硬说人家是……〔回头四望，作“八”的手势〕是这个！多半得……唉，都是中国人，何必呢？这玩意儿，我可不能干！

赵　老　对！

四　嫂　听说那回放跑了俩，是您干的呀？

巡　长　我的四奶奶！您可千万别瞎聊啊，您要我的脑袋搬家是怎着？

四　嫂　您放心，没人说出去！

二　春　刘巡长，您不会把二嘎子荐到工厂去吗？我还想去呢！

四　嫂　对，那敢情好！

大　妈　二春，你又疯啦？女人家上工厂！

巡　长　正经工厂也都停了车啦！您别忙，我一定给想办法！

四　嫂　我谢谢您啦！您坐这儿歇歇吧！

巡　长　不啦，我待不住！

四　嫂　歇一会儿，怕什么呢？〔把疯子的板凳送过来，刘只好坐下〕

赵　老　我刚才说的对不对？做官的坏！做官的坏，老百姓就没法活下去！大小的买卖、工厂，全教他们接收的给弄趴下啦，就剩下他们自己肥头大耳朵地活着！

二　春　要不穷人怎么越来越多呢！

大　妈　二春，你少说话！

赵　老　别的甭说，就拿咱们这儿这条臭沟说吧，日本人在这儿的时候，咱们捐过钱，为挖沟，沟挖了没有？

二　春　没有！捐的钱也没影儿啦！

大　妈　二春，你过来！〔二春走回去〕说话小心点！

赵　老　日本人滚蛋了以后，上头说把沟堵死。好嘛，沟一堵死，下点雨，咱们这儿还不成了海？咱们就又捐了钱，说别堵啊，得挖。可是，沟挖了没有？

四　嫂　他妈的，那些钱又教他们给吃了，丫头养的！

大　妈　四嫂，嘴里干净点，这儿有大姑娘！

二　春　他妈的！

大　妈　二春！

赵　老　程疯子常说什么“沟不臭，水又清，国泰民安享太平”。他说得对，他不疯！有了清官，才能有清水。我是泥水匠，我知道：城里头，大官儿在哪儿住，哪儿就修柏油大马路；谁做了官，谁就盖高楼大瓦房。咱们穷人哪，没人管！

巡　长　一点不错！

四　嫂　捐了钱还教人家白白地吃了去！

赵　老　有那群做官的，咱们永远得住在臭沟旁边。他妈的，你就说，全城到处有自来水，就是咱们这儿没有！

大　妈　就别抱怨啦，咱们有井水吃还不念佛？

四　嫂　苦水呀，王大妈！

大　妈　也不太苦，二性子！

二　春　妈，您怎这么会对付呢？

大　妈　你不将就，你想跟你姐姐一样，嫁出去永远不回头！你连一丁点孝心也没有！

赵　老　刘巡长，上两次的钱，可都是您经的手！我问你，那些钱可都上哪儿去了？

巡　长　您问我，我可问谁去呢？反正我一心无愧！〔站起来，走到赵面前〕要是我从中赚过一个钱，天上现在有云彩，教我五雷轰顶！人家搂钱，我挨骂，您说我冤枉不冤枉！

赵　老　街坊四邻倒是都知道你的为人，都说你不错！

巡　长　别说了，赵大爷！要不是一家五口累赘着我呀！我早就远走高飞啦，不在这儿受这份窝囊气！

赵　老　我明白，话又说回来，咱们这儿除了官儿，就是恶霸。他们偷，他们抢，他们欺诈，谁也不敢惹他们。前些日子，张巡官一管，肚子上挨了三刀！这成什么天下！

巡　长　他们背后有撑腰的呀，杀了人都没事！

大　妈　别说了，我直打冷战！

赵　老　别遇到我手里！我会跟他们拼！

大　妈　新鞋不踩臭狗屎呀！您到茶馆酒肆去，可千万留点神，别乱说话！

赵　老　你看着，多咱他们欺负到我头上来，我教他们吃不了兜着走！

巡　长　我可真该走啦！今儿个还不定有什么蜡坐呢！〔往外走〕

四　嫂　〔追过去〕二嘎子的事，您可给在点心哪！刘巡长。

巡　长　就那么办，四嫂！〔下〕

四　嫂　我这儿道谢啦！

大　妈　要说人家刘巡长可真不错！

赵　老　这样的人就算难得！可是，也做不出什么事儿来！

四　嫂　他想办出点事来，一个人也办不成呀！

| 丁四无精打采地进来。

四　嫂　嗨！你还回来呀？！

丁　四　你当我爱回来呢！

四　嫂　不爱回来，就再出去！这儿不短你这块料！

| 丁四不语，打着呵欠直向屋子走去。

四　嫂　〔把他拦住〕拿钱来吧！

丁　四　一回来就要钱哪？

四　嫂　那怎么着？！家里还揭不开锅呢！

丁　四　揭不开锅？我在外边死活你管了吗？

四　嫂　我们娘儿个死活谁管呢？甭费话，拿钱来。

丁　四　没钱！

四　嫂　钱哪儿去啦？

丁　四　交了车份。

四　嫂　甭来这一套！你当我不知道呢！不定又跑到哪儿喝酒去了。

丁　四　那你管不着。太爷我自个挣的自个花，你打算怎么着吧！你说！

四　嫂　我打算怎么着？这破家又不是我一个人的！好吧！咱谁也甭管！〔说着把活计扔下〕

丁　四　你他妈的不管，活该！

四　嫂　怎么着？你一出去一天，回来磅子儿没有，临完了，把钱都喝了猫儿尿！

丁　四　我告诉你，少管我的闲事！

四　嫂　什么？不管？家里揭不开锅，你可倒好……

丁　四　我不对，我不该回来，太爷我走！

| 四嫂扯住丁四，丁四抄起门栓来要打四嫂，二春跑过去把门栓抢过来。

赵　老　〔大吼〕丁四！

| 丁四被赵老的怒吼声震住，低头不语，往屋门口走。四嫂坐下哭，二春蹲下去劝。

赵　老　这是你们丁家的事，按理说我可不该插嘴，不过咱们爷儿们住街坊，也不是一年半年啦，总算是从小儿看你长大了的，我今儿个可得说几句讨人嫌的话……

丁　四　〔颓唐地坐下〕赵大爷，您说吧！

赵　老　四嫂，你先别这么哭，听我说。〔四嫂止住哭声〕你昨儿晚上干什么去啦？你不知道家里还有三口子张着嘴等着你哪？孩子们是你的，你就不惦记着吗？

丁　四　〔眼泪汪汪地〕不是，赵大爷！我不是不惦记孩子，昨儿个整天的下雨，没什么座儿，挣不着钱！晚上在小摊儿坐着，您猜怎么着，晌午六万一斤的大饼，晚上就十二万啦！好家伙，交完车份儿，就没了钱了。东西一天翻十八个跟头，您不是不知道！

赵　老　唉！这个物价呀，就要了咱们穷人的命！可是你有钱没钱也应该回家呀，总不照面儿不是一句话啊！就说为你自个儿想，半夜三更住在外边，够多悬哪！如今晚儿天天半夜里查户口，一个说不对劲儿，轻了把你拉去当壮丁，当炮灰，重了拿你当八路，弄去灌凉水轧杠子，磨成了灰还不知道是怎样死的呢！

丁　四　这我都知道。他妈的我们蹬三轮儿的受的这份气，就甭提了。就拿昨儿个说吧，好容易遇上个座儿，一看，可倒好，是个当兵的。没法子，拉吧，打永定门一直转游到德胜门脸儿，上边淋着，底下蹚着，汗珠子从脑瓜顶儿直流到脚底下。临完，下车一个子儿没给还不算，还差点给我个大脖拐！他妈的，坐完车不给钱，您说是什么人头儿！我刚交了车，一看掉点儿了，我就往家里跑。没几步，就滑了我俩大跟头，您不信瞅瞅这儿，还有伤呢！我一想，这溜儿更过不来啦，怕掉到沟里去，就在刘家小茶馆蹲了半夜。我没睡好，提心吊胆的，怕把我拉走当壮丁去！跟您说吧，有这条臭沟，谁也甭打算好好地活着！

| 四邻的工作声——打铁、风箱、织布声更大了一点。

四　嫂　甭拉不出屎来怨茅房！东交民巷、紫禁城倒不臭不脏，也得有尊驾的份儿呀！你听听，街坊四邻全干活儿，就是你没有正经事儿。

丁　四　我没出去拉车？我天天光闲着来着？

四　嫂　五行八作，就没您这一行！龙须沟这儿的人都讲究有个正经行当！打铁，织布，硝皮子，都成一行；你算哪一行？

丁　四　哼，有这一行，没这一行，蹬上车我可以躲躲这条臭沟！我是属牛的，不属臭虫，专爱这块臭地！

赵　老　丁四,四嫂，都少说几句吧……〔刘巡长上〕怎么，刘巡长……

巡　长　我说今儿个又得坐蜡不是？

四　嫂　刘巡长，什么事呀？

巡　长　唉，没法子，又教我来收捐！

全　体　什么，又收捐？！

巡　长　是啊，您说这教我多为难？

丁　四　家家连窝头都混不上呢，还交得起他妈的捐！

巡　长　说得是啊！可是上边交派下来，您叫我怎么办？

赵　老　我问你，今儿个又要收什么捐？

巡　长　反正有个“捐”字，您还是养病要紧，不必细问了。捐就是捐，您拿钱，我收了交上去，咱们心里就踏实啦。

赵　老　你说说，我听听！

巡　长　您老人家一定要知道，跟您说吧！这一回是催卫生捐。

赵　老　什么捐？

巡　长　卫生捐。

赵　老　〔狂笑〕卫生捐？卫生——捐！〔再狂笑〕丁四，哪儿是咱们的卫生啊！刘巡长，谁出这样的主意，我肏他的八辈祖

宗！〔丁四搀他入室〕

巡　长　唉！我有什么办法呢？

大　妈　您可别见怪他老人家呀！刘巡长！要是不发烧，他不会这么乱骂人！

二　春　妈，你怎这么怕事呢？看看咱们这个地方，是有个干净的厕所，还是有条干净的道儿？谁都不管咱们，咱们凭什么交卫生捐呢？

大　妈　我的小姑奶奶，你少说话！巡长，您多担待，她小孩子，不懂事！

巡　长　王大妈，唉，我也是这儿的人！你们受什么罪，我受什么罪！别的就不用说了！〔要走〕

大　妈　不喝碗茶呀？真，您办的是官事，不容易！

巡　长　官事，对，官事！哈哈！

四　嫂　大估摸一家得出多少钱呢？

丁　四　〔由赵屋中出来〕你必得问清楚，你有上捐的瘾！

四　嫂　你没有那个瘾，交不上捐你去坐监牢，德行！

丁　四　刘巡长，您对上头去说吧，给我修好了路，修好了沟，我上捐。不给我修啊，哼，我没法拉车，也就没钱上捐；要命有命，就是没钱！

巡　长　四爷，您是谁？我是谁？能跟上头说话？

大　妈　丁四，你就别为难巡长了吧！当这份差事，不容易！

| 程疯子与小妞抬着水桶，进来。

疯　子　借借光，水来了！刘巡长，您可好哇？

巡　长　疯哥你好？

| 大妈把缸盖连菜刀，搬到自己坐的小板凳上，二春接过桶去，和大妈抬着往缸里倒，疯子也想过去帮忙。

丁　四　喝，两个人才弄半桶水来？

小　妞　疯大爷晃晃悠悠，要摔七百五十个跟头，水全洒出去啦！

二　春　没有自来水，可要卫生捐！

巡　长　我又不是自来水公司，我的姑娘！再见吧！〔下〕

丁　四　〔对程〕看你的大褂，下边成了泥饼子啦！

疯　子　黑泥点儿，白大褂儿，看着好像一张画儿。〔坐下，抠大衫上的泥〕

丁　四　凭这个，咱们也得上卫生捐！

四　嫂　上捐不上捐吧，你该出去奔奔，午饭还没辙哪！

丁　四　小茶馆房檐底下，我蹲了半夜，难道就不得睡会儿吗？

四　嫂　那，我问你今儿个吃什么呢？

丁　四　你问我，我问谁去？

大　妈　别着急，老天爷饿不死瞎家雀儿！要不然这么着吧，先打我这儿拿点杂合面去，对付过今儿个，教丁四歇歇，明儿蹬进钱来再还我。

丁　四　王大妈，这合适吗？

大　妈　这算得了什么！你再还给我呀！快睡觉去吧！〔推丁四下〕

| 丁低头入室。二春早已跑进屋去，端出一小盆杂合面来，往丁四屋里送，四嫂跟进去。

二　春　四嫂，搁那儿呀！

四　嫂　〔感激地〕哎哟，二妹妹，交给我吧！〔下〕

| 二嘎子跑进来，双手捧着个小玻璃缸。

二　嘎　妞子，小妞，快来！看！

小　妞　〔跑过来〕哟，两条小金鱼！给我！给我！

二　嘎　是给你的！你不是从过年的时候，就嚷嚷着要小金鱼吗？

小　妞　〔捧起缸儿来〕真好！哥，你真好！疯大爷，来看哪！两条！两条！

疯　子　〔像小孩似的，蹲下看鱼。学北京卖金鱼的吆喝〕卖大小——

小金鱼儿咧。

四　嫂　〔上〕二嘎子，你一清早就跑出去，是怎回事？说！

二　嘎　我……

四　嫂　金鱼是哪儿来的？

二　嘎　卖鱼的徐六给我的。

四　嫂　他为什么那么爱你呢？不单给鱼，还给小缸！瞧你多有人缘哪！你给我说实话！我们穷，我们脏，我们可不偷！说实话，要不然我揍死你！

丁　四　〔在屋内〕二嘎子偷东西啦？我来揍他！

四　嫂　你甭管！我会揍他！二嘎子，把鱼给人家送回去！你要是不去，等你爸爸揍上你，可够你受的！去！

小　妞　〔要哭〕妈，我好容易有了这么两条小鱼！

二　春　四嫂，咱们这儿除了苍蝇，就是蚊子，小妞子好容易有了两条小鱼，让她养着吧！

四　嫂　我可也不能惯着孩子做贼呀！

疯　子　〔解大衫〕二嘎子，说实话，我替你挨打跟挨骂！

二　嘎　徐六教我给看着鱼挑子，我就拿了这个小缸，为妹妹拿的，她没有一个玩意儿！

疯　子　〔脱下大衫〕拿我的大褂还徐六去！

四　嫂　那怎么能呢？两条小鱼儿也没有那么贵呀！

疯　子　只要小妞不落泪，管什么金鱼贵不贵！

二　春　〔急忙过来〕疯哥，穿上大褂！〔把两张票子给二嘎〕二嘎子，快跑，给徐六送去。

| 二嘎接钱飞跑而去。

四　嫂　你快回来！

| 天渐阴。

四　嫂　二妹妹，哪有这么办的呢！小妞子，还不过去谢谢王奶奶

跟二姑姑哪？

小　妞　〔捧着缸儿走过去〕奶奶，二姑姑，道谢啦！

大　妈　好好养着哟，别教野猫吃了哟！

小　妞　〔把缸儿交给疯子〕疯大爷，你给我看着，我到金鱼池，弄点闸草来！红鱼，绿闸草，多么好看哪！

四　嫂　一个人不能去，看掉在沟里头！

| 四嫂刚追到大门口，妞子已跑远。狗子由另一个地痞领着走来，那个地痞指指门口，狗子大模大样走进来。另个地痞下。

四　嫂　嗨，你找谁？

狗　子　你姓什么？

四　嫂　我姓丁。找谁？说话！别满院子胡溜达！

狗　子　姓程的住哪屋？

二　春　你找姓程的有什么事？

大　妈　少多嘴。〔说着想往屋里推二春〕

狗　子　小丫头片子，你少问！

二　春　问问怎么了？

大　妈　我的小姑奶奶，给我进去！

二　春　我凭什么进去呀？看他把我怎么样！〔大妈已经把二春推进屋中，关门，两手紧把着门口〕

狗　子　〔一转身看见疯子〕那是姓程的不是？

四　嫂　他是个疯子，你找他干什么？

大　妈　是啊，他是个疯子。

狗　子　〔与大妈同时〕他妈的老娘儿们少管闲事！〔向疯子〕小子，你过来！

二　春　你别欺负人！

大　妈　〔向屋内的二春〕我的姑奶奶，别给我惹事啦！

四　嫂　他疯疯癫癫的，你有话跟我说好啦。

狗　子　〔向四嫂〕你这娘们再多嘴，我可揍扁了你！

四　嫂　〔搭讪着后退〕看你还怪不错的呢！

疯　子　〔为了给四嫂解除威胁，自动地走过来〕我姓程，您哪，有什么话您朝着我说吧！

狗　子　小子，你听着，我现在要替黑旋风大太爷管教管教你。不管他妈的是你，是你的女人，还是你的街坊四邻，都应当记住你们上晓市做生意，要有黑旋风大太爷的人拿你们的东西，就是赏你们脸。今天，我姓冯的，冯狗子，赏给你女人脸，拿两包烟卷，她就喊巡警，不知死的鬼！我不跟她打交道，她是个不禁揍的老娘们；我来管教管教你！

娘　子　〔挎着被狗子踢坏了的烟摊子，气愤，忍泪，低着头回来。刚到门口，看见狗子正发威〕冯狗子！你可别赶尽杀绝呀！你硬抢硬夺，踢了我的摊子不算，还赶上门来欺负人！

| 四嫂接过娘子的破摊子，娘子向狗子奔去。

狗　子　〔放开疯子，慢慢一步一步紧逼娘子〕踢了你的摊子是好的，惹急了咱爷儿们，教你出不去大门！

娘　子　〔理直气壮地，但是被逼得往后退〕你讲理不讲理？你凭什么这么霸道？走，咱们还是找巡警去！

狗　子　〔示威〕好男不跟女斗。〔转向疯子〕小子，我管教管教你！〔狠狠地打疯子几个嘴巴，打得顺口流血〕

| 疯子老实地挨打，在流泪；娘子怒火冲天，不顾一切地冲向狗子拼命，却被狗子一把抓住。

| 二春正由屋内冲出，要打狗子，大妈惊慌地来拉二春，四嫂想救娘子又不敢上前。

赵　老　〔由屋里气得颤巍巍地出来〕娘子，四奶奶，躲开！我来斗斗他！打人，还打个连苍蝇都不肯得罪的人，要造反吗？

〔拿起大妈的切菜刀〕

狗　子　老梆子你管他妈的什么闲事，你身上也痒痒吗？

大　妈　〔看赵拿起她的切菜刀来〕二嘎的妈！娘子！拦住赵大爷，他拿着刀哪！

赵　老　我宰了这个王八蛋！

娘　子　宰他！宰他！

二　春　宰他！宰他！

四　嫂　〔拉着娘子，截住赵〕丁四，快出来，动刀啦！

大　妈　〔对冯狗子〕还不走吗？他真拿着刀呢！

狗　子　〔见势不佳〕搁着你的，放着我的，咱们走对了劲儿再瞧。〔下〕

二　春　你敢他妈的再来！

丁　四　〔揉着眼出来〕怎回事？怎回事？

四　嫂　把刀抢过来！

丁　四　〔过去把刀夺过来〕赵大爷，怎么动刀呢！

大　妈　〔急切地〕赵大爷！赵大爷！您这是怎么嘹？怎么得罪黑旋风的人呢？巡官、巡长，还让他们扎死呢，咱们就惹得起他们啦？这可怎么好呕！

赵　老　欺负到程疯子头上来，我受不了！我早就想斗斗他们，龙须沟不能老是他们的天下！

大　妈　娘子，给疯子擦擦血，换件衣裳！赶紧走，躲躲去！冯狗子调了人来，还了得！丁四，陪着赵大爷也躲躲去，这场祸惹得不小！

娘　子　我骂疯子，可以；别人欺负他，可不行！我等着冯狗子……

大　妈　别说了，还是快走吧！

赵　老　我不走！我拿刀等着他们！咱们老实，才会有恶霸！咱们敢动刀，恶霸就夹起尾巴跑！我不发烧了，这不是胡话。

大　妈　看在我的脸上，你躲躲！我怕打架！他们人多，不好惹！打起来，准得有死有活！

赵　老　我不走，他们不会来！我走，他们准来！

丁　四　您的话说对了！我还睡我的去！〔入室〕

娘　子　疯子，要死死在一块儿，我不走！

大　妈　这可怎么好呕！怎么好呕！

二　春　妈，您怎这么胆小呢！

大　妈　你大胆儿！你不知道他们多么厉害！

疯　子　〔悲声地〕王大妈，丁四嫂，说来说去都是我不好！〔颓丧地坐下〕想当初，我在城里头做艺，不肯低三下四地侍候有势力的人，教人家打了一顿，不能再在城里登台。我到天桥来下地，不肯给胳臂钱，又教恶霸打个半死，把我扔在天坛根。我缓醒过来，就没离开这龙须沟！

娘　子　别紧自伤心啦！

二　春　让他说说，心里好痛快点呀！

疯　子　我是好人，二姑娘，好人要是没力气啊，就成了受气包儿！打人是不对的，老老实实地挨打也不对！可是，我只能老老实实地挨打……哼，我不想做事吗？老教娘子一个人去受累，成什么话呢！

娘　子　〔感动〕别说啦！别说啦！

疯　子　可是我没力气，做小工子活，不行；我只是个半疯子！〔要犯疯病〕对，我走！走！打不过他们，我会躲！

| 二嘎子跑进来，截住疯子。

二　嘎　妈，我把钱交给了徐六，他没说什么。妈，远处又打闪哪！又要下雨！

娘　子　〔拉住疯子〕别再给我添麻烦吧，疯子！

四　嫂　〔看看天，天已阴〕唉！老天爷，可怜可怜穷人，别再下雨吧！屋子里，院子里，全是湿的，全是脏水，教我往哪儿藏，哪儿躲呢！有雷，去霹那些恶霸；有雨，往田里下；别折磨我们这儿的穷人了吧！

| 隐隐有雷声。

疯　子　〔呆立看天〕上哪儿去呢？天下可哪有我的去处呢？

| 雷响。

娘　子　快往屋里抢东西吧！

| 大家都往屋里抢东西，乱成一团，暴雨下来。

| 巡长跑上。

巡　长　了不得啦！妞子掉在沟里啦！

众　人　妞子……〔争着往外跑〕

四　嫂　〔狂喊〕妞子！〔跑下〕

——狂风大雨中幕徐闭

第二幕

第一场

时　间　北京解放后。小妞子死后一周年。一黑早。

地　点　同前幕。

布　景　黎明之前，满院子还是昏黑的，只隐约的看得见各家门窗的影子。大门外，那座当铺已经变成了“工人合作社”。街灯恰好把它的匾照得很亮。天色逐渐发白以后，露出那小杂院来，比第一幕略觉整洁，部分的窗户修理过了，院里的垃圾减少了，丁四屋顶的破席也不见了。

| 幕启：赵老头起得最早。出了屋门，看了看东方的朝霞，笑了笑，开了街门，拿起笤帚，打扫院子。这时有远处驻军早操喊“一二三——四”声，军号练习声，鸡叫声，大车走的辘辘声等。

| 冯狗子把帽檐拉得很低，轻轻进来，立于门侧。

| 赵老头扫着扫着，一抬头。

赵　老　谁？

狗　子　〔把帽檐往上一推，露出眼来〕我！有话，咱们到坛根[1]去说。

赵　老　有话哪儿都能说，不必上坛根儿！

狗　子　〔笑嘻嘻地〕不是您哪，黑旋风的命令……

赵　老　黑旋风是什么玩意儿？给谁下命令？

狗　子　给我的命令！您别误会。我奉他的命令，来找您谈谈。

赵　老　你知道，北京已经解放了！

狗　子　因为解放了，才找您谈谈。

赵　老　解放了，好人抬头，你们坏蛋不大得烟儿抽，是不是？是不是要谈这个？

狗　子　咱们说话别带脏字！我问你，你当了这一带的治安委员啦？

赵　老　那不含糊，大家抬举我，举我当了委员！

狗　子　听说你给派出所当军师，抓我们的人；前后已经抓去三十多个了！

赵　老　大家选举我当委员，我就得为大家出力。好人，我帮忙；坏人，我斗争。

狗　子　哼，你也要成为一霸？

赵　老　黑旋风是一霸，我是恶霸的对头！这不由今儿个起，你知道。

狗　子　哟，也许在解放前，你就跟共产党勾着呢？

〔天已大亮。

赵　老　那是我自己的事，你管不着！

狗　子　行，你算是走对了路子，抖起来啦！

---

① 过去的天坛根是抢劫与打架的地方。

赵　老　那可不是瞎撞出来的。我是工人——泥水匠；我的劲头儿是新政府给我的！

狗　子　好，就算你是好汉，黑旋风可也并不是好惹的！记住，瘦死的骆驼总比马大，别有眼不识泰山！

赵　老　你到底干吗来啦？快说，别麻烦！

狗　子　我？先礼后兵，我给你送棺材本来了。〔掏出一包儿现洋〕黑旋风送给你的，三十块白花花的现大洋。我管保你一辈子也没有过这么多钱。收下钱，老实点，别再跟我们为仇作对，明白吧？

赵　老　我不要钱呢？

狗　子　也随你的便！不吃软的，咱们就玩硬的！

赵　老　爽性把刀子掏出来吧！

狗　子　现在我还敢那么办？

赵　老　到底怎么办呢？

〔狗子沉默。

赵　老　说话！〔怒〕

狗　子　〔渐软化〕何苦呢！干吗不接着钱，大家来个井水不犯河水？

赵　老　没那个事！

狗　子　赵老头子，你行！〔要走〕

赵　老　等等！告诉你，以后布市上、晓市上，是大家伙儿好好做生意的地方，不准再有偷、抢、讹、诈。每一个摊子都留着神，彼此帮忙；你们一伸手，就有人揪住你们的腕子。先前，有侦缉队给你们保镖；现在，做买做卖的给你们摆下了天罗地网！

狗　子　姓赵的，你可别赶尽杀绝！招急了我，我真……

赵　老　你怎样？现在，天下是人民大家伙儿的，不是恶霸的了！

狗　子　〔郑重而迟缓地〕黑旋风说了——

赵　老　他说什么？

狗　子　他说……〔回头四下望了望，轻声带着威胁的意味〕蒋介石不久还会回来呢！

赵　老　他？他那个恶霸头子？除非老百姓都死光了！

狗　子　你怎么看得那么准呢？

赵　老　他是教老百姓给打跑了的，我怎么看不准？告诉你吧，狗子，你还年轻，为什么不改邪归正，找点正经事做做？

狗　子　我？〔迟疑、矛盾、故作倔强〕

赵　老　〔见狗子现在仍不觉悟，于是威严地〕你！不用嘴强身子弱地瞎搭讪！我要给你个机会，教你学好。黑旋风应当枪毙！你不过是他的小狗腿子，只要肯学好，还有希望。你回去好好地想想，仔细地想想我的话。听我的话呢，我会帮助你，找条正路儿；不听我的话呢，你终久是玩完！去吧！

狗　子　那好吧！咱们再见！〔又把帽檐拉低，走下〕

| 赵老愣了一会儿，继续扫地。

| 疯子手捧小鱼缸儿，由屋里出来，娘子扯住了他。

娘　子　〔低切地〕又犯疯病不是？回来！这是图什么呢？你一闹哄，又招四哥，四嫂伤心！

疯　子　你甭管！你甭管！我不闹哄，不招他们伤心！我告诉赵大爷一声，小妞子是去年今天死的！

娘　子　那也不必！

疯　子　好娘子，你再睡会儿去。我要不跟赵大爷说说，心里堵得慌！

娘　子　唉！这么大的人，真个跟小孩子一样！〔入屋内〕

疯　子　赵大爷，看！〔示缸〕

赵　老　〔直起身来〕啊，〔急低声〕小妞子，她去年今天……生龙活虎似的孩子，会，会……唉！

疯　子　赵大爷，您这程子老斗争恶霸，可怎么不斗斗那个顶厉害的恶霸呢？

赵　老　哪个顶厉害的恶霸？黑旋风？

疯　子　不是！那个淹死小妞子的龙须沟！它比谁不厉害？您怎么不管！

赵　老　我管！我一定管！你看着，多咱修沟，我多咱去工作！我老头子不说谎！

疯　子　可是，多咱才修呢？明天吗？您要告诉我个准日子，我就真佩服这个新政府了！我这就去买两条小金鱼——妞子托我看着的那两条都死了，只剩了这个小缸——到她的小坟头前面，摆上小缸，缸儿里装着红的鱼，绿的闸草，哭她一场！我已经把哭她的话，都编好啦，不信，您听听！

赵　老　够了！够了！用不着听！

疯　子　您听听，听听！〔悲痛，低缓地，用民间曲艺的悲调唱〕乖小妞，好小妞，小妞住在龙须沟。龙须沟，臭又脏，小妞子像棵野海棠。野海棠，命儿短，你活你死没人管。北京城，得解放，大家扭秧歌大家唱。只有你，小朋友，在我的梦中不唱也不扭……〔不能成声〕

赵　老　够了！够了！别再唱！乖妞子，太没福气了！疯子，别再难过！听我告诉你，咱们的政府是好政府，一定忘不了咱们，一定给咱们修沟！

疯　子　几儿呢？得快着呀！

赵　老　〔有点起急〕那不是我一个人能办的事呀，疯子！

疯　子　对！对！我不应当逼您！我是说，咱们这溜儿就是您有本事，有心眼啊！我一佩服您，就不免有点像挤对您，是不是？

赵　老　我不计较你，疯哥！你进去，把小缸儿藏起来，省得教四嫂看见又得哭一场！

疯　子　我就进去！还有一点事跟您商量商量。您不是说，现在人人都得做事吗？先前，我教恶霸给打怕了，不敢出去；我又没有力气，干不来累活儿。现在人心大变了，我干点什么好呢？去卖糖儿、豆儿的，还不够我自己吃的呢。去当工友，我又不会侍候人，怎办？

赵　老　慢慢来，只要你肯卖力气，一定有机会！

疯　子　我肯出力，就是力气不大，不大！

赵　老　慢慢地我会给你出主意。这不是咱们这溜儿要安自来水了吗？总得有人看着龙头卖水呀，等我去打听打听，要是还没有人，问问你去成不成。

疯　子　那敢情太好了，我先谢谢您！连这件事我也得告诉小妞子一声儿！就那么办啦。〔回身要走〕

赵　老　先别谢，成不成还在两可哪！

| 四嫂披着头发，拖着鞋从屋里出来。

| 疯子急把小缸藏在身后。

赵　老　四奶奶，起来啦？

四　嫂　〔悲哀地〕一夜压根儿没睡！我哪能睡得着呢？

赵　老　不能那么心重啊，四奶奶！丁四呢？

四　嫂　他又一夜没回来！昨儿个晚上，我劝他改行，又拌了几句嘴，他又看我想小妞子，嫌别扭，一赌气子拿起腿来走啦！

赵　老　他也是难受啊。本来嘛，活生生的孩子，拉扯到那么大，太不容易啦！这条臭沟啊，就是要命鬼！〔看见四嫂要哭〕别哭！别哭！四奶奶！

四　嫂　〔扎挣着控制自己〕我不哭，您放心！疯哥，你也甭藏藏掖掖的啦！由我身上掉下来的肉，我能不心疼吗？可是，死的死了，活着的还得活着，有什么法儿呢！穷人哪，没别的，就是有个扎挣劲儿！

疯　子　四嫂，咱们都不哭，好不好？〔说着，自己却要哭〕我，我……〔急转身跑进屋去〕

四　嫂　〔拭泪，转向赵老〕赵大爷，小妞子是不会再活了，哭也哭不回来！您说丁四可怎么办呢？您得给我想个主意！

赵　老　他心眼儿并不坏！

四　嫂　我知道，要不然我怎么想跟您商量商量呢。当初哇，我讨厌他蹬车，因为蹬车不是正经行当，不体面，没个准进项。自从小妞子一死啊，今儿个他打连台不回来，明儿个喝醉了，干脆不好好干啦。赵大爷，您不是常说现下工人最体面吗？您劝劝他，教他找个正经事由儿干，哪怕是做小工子活淘沟修道呢，我也好有个抓弄呀。这家伙，照现在这样，他蹬上车，日崩西直门了，日崩南苑了，他满天飞，我上哪儿找他去？挣多了，愣说一个子儿没挣，我上哪儿找对证去？您劝劝他，给他找点活儿干，挣多挣少，遇事儿我倒有个准地方找他呀！

赵　老　四奶奶，这点事交给我啦！我会劝他。可是，你可别再跟他吵架，吵闹只能坏事，不能成事，对不对呢？

四　嫂　我听您的话！要是您善劝，我臭骂，也许更有劲儿！

赵　老　那可不对，你跟他动软的，拿感情拢住他，我再拿面子局他，这么办就行啦！

四　嫂　唉！真叫我哭不得笑不得！〔惨笑〕得啦！我哭小妞子一场去！〔提上鞋后跟儿〕

赵　老　我跟你去！

疯　子　〔跑出来〕我跟你去，四嫂！我跟你去！〔同往外走〕

——第一场终

第二场

时　间　一九五〇年春间。下午四时左右。

地　点　同前幕。

| 幕启：院中寂无一人，二春匆匆从外来，跑得气喘吁吁的。

二　春　喝！空城计！四嫂，二嘎子呢？

四　嫂　〔在屋中〕他上学去啦！

二　春　那怎么齐老师还到处找他呢？

四　嫂　〔出来〕是吗？这孩子没上学，又上哪儿玩去啦！

二　春　那我再到别处找找他去！〔说完又跑出大门〕

大　妈　〔出来〕二春，你回来！

四　嫂　〔忙到门口喊住二春〕二妹妹！你回来，大妈这儿还有事呢！

二　春　〔擦着汗走回来〕回头二嘎子误了上学可怎么办呢？

四　嫂　你放心吧，他准去，哪天他也没误过，这孩子近来念书，可真有个劲儿！我看看他上哪儿去了！就手儿去取点活。〔下〕

| 二春走到自己屋门口，拿过脸盆，擦脸上、脖子上的汗。

大　妈　〔板着面孔，由屋中出来〕二春，我问你，你找他干吗？放

着正经事不干，乱跑什么？这些日子，你简直东一头西一头地像掐了脑袋的苍蝇一样！

二　春　谁说我没干正经事儿？我干的哪件不正经啊？该做的活儿一点也没耽误啊！

大　妈　这么大的姑娘，满世界乱跑，我看不惯！

二　春　年头儿改啦，老太太！我们年轻的不出去，事儿都交给谁办？您说！

大　妈　甭拿这话堵搡我！反正我不能出去办！

二　春　这不结啦！〔转为和蔼地〕我告诉您吧！人家中心小学的女教员，齐砚庄啊，在学校里教完一天的书，还来白教识字班。这还不算，学生们不来，她还亲自到家里找去。您多咱看见过这样的好人？刚才我送完了活儿，正遇上她挨家找学生，我可就说啦，您歇歇腿儿，我给您找学生去。都找到啦，就剩下二嘎子还没找着！

大　妈　管他呢，一个蹬车家的孩子，念不念又怎样，还能中状元？

二　春　妈，这是怎么说话呢？现而今，人人都一边儿高，拉车的儿子，才更应当念书，要不怎么叫穷人翻身呢？

大　妈　像你这个焊铁活的姑娘，将来说不定还许嫁个大官儿呢！

二　春　您心里光知道有官儿！老脑筋！我要结婚，就嫁个劳动英雄！

大　妈　一张纸画个鼻子，好大的脸！说话哪像个还没有人家儿的大姑娘呀！

二　春　没人家儿？别忙，我要结婚就快！

大　妈　越说越不像话了！越学越野调无腔！

| 娘子由外面匆匆走来。

二　春　娘子，看见二嘎子没有？

娘　子　怎能没看见？他给我看摊子呢！

二　春　给……这可倒好！我犄里旮旯都找到了，临完……不知道他得上学吗？

娘　子　他没告诉我呀！

二　春　这孩子！

大　妈　他荒里荒唐的，看摊儿行吗？

娘　子　现在，三岁的娃娃也行！该卖多少钱，卖多少钱，言无二价。小偷儿什么的，差不离快断了根！〔低声〕听说，官面上正加紧儿捉拿黑旋风。一拿住他，晓市就全天下太平了，他不是土匪头子吗？哼，等拿到他，跟那个冯狗子，我要去报报仇！能打就打，能骂就骂，至不济也要对准了他们的脸，啐几口，呸！呸！呸！偷我的东西，还打了我的爷们，狗杂种们！我说，我的那口子在家哪？

二　春　在家吗？一声没出啊。

娘　子　这几天，他又神神气气的，不知道又犯什么毛病！这个家伙，真叫我不放心！

| 程疯子慢慢地由屋中出来。

二　春　疯哥，你在家哪？

疯　子　有道是，在家千日好，出外一时难！

娘　子　又是疯话！我问你，你这两天又怎么啦？

疯　子　没怎么！

娘　子　不能！你给我说！

疯　子　说就说，别瞪眼！我就怕吵架！我呀，有了任务！

二　春　疯哥，给你道喜！告诉我们，什么任务！

疯　子　民教馆的同志找了我来，教我给大家唱一段去！

二　春　那太棒了！多少年你受屈含冤的，现在民教馆都请你去，你不是仿佛死了半截又活了吗？

娘　子　对啦，疯子，你去！去！叫大家伙看看你！王大妈，二姑娘，有钱没有？借给我点！我得打扮打扮他，把他打扮得跟他当年一模一样的漂亮！

疯　子　我可是去不了！

二　春
娘　子　怎么？怎么？

疯　子　我十几年没唱了，万一唱砸了，可怎么办呢？

娘　子　你还没去呢，怎就知道会唱砸了？简直地给脸不要脸！

大　妈　照我看哪，给钱就去，不给钱就不去。

二　春　妈！您不说话，也没人把您当哑巴卖了！

疯　子　还有，唱什么好呢？翠屏山？不像话，拴娃娃？不文雅！

二　春　咱们现编！等晚上，咱们开个小组会议，大家出主意，大家编！数来宝就行！

疯　子　数来宝？

二　春　谁都爱听！你又唱得好！

疯　子　难办！难办！

| 四嫂夹着一包活计，跑进来。

四　嫂　娘子，二妹妹，黑旋风拿住了！拿住了！

娘　子　真的？在哪儿呢？

四　嫂　我看见他了，有人押着他，往派出所走呢！

娘　子　我啐他两口去！

二　春　走，我们斗争他去！把这些年他所作所为都抖搂出来，教他这个坏小子吃不了兜着走！

大　妈　二春，我不准你去！

二　春　他吃不了我，您放心！

娘　子　疯子，你也来！

疯　子　〔摇头〕我不去！

娘　子　那么，你没教他们打得顺嘴流血，脸肿了好几天吗？你怎这么没骨头！

疯　子　我不去！我怕打架！我怕恶霸！

娘　子　你简直不是这年头儿的人！二妹妹，咱们走！

二　春　走！〔同娘子匆匆跑去〕

大　妈　二春！你离黑旋风远着点！这个丫头，真疯得不像话啦！

四　嫂　大妈，别再老八板儿啦。这年月呀，女人尊贵啦，跟男人一样可以走南闯北的。您看，自从转过年来，这溜儿女孩子们，跟男小孩一个样，都白种花儿，白打药针，也都上了学。唉，要是小妞子还活着……

疯　子　那够多么好呢！

四　嫂　她太……〔低头疾走入室〕

大　妈　唉！〔也往屋中走〕

疯　子　〔独自徘徊〕天下是变了，变了！你的人欺负我，打我，现在你也掉下去了！穷人、老实人、受委屈的人，都抬起头来；你们恶霸可头朝下！哼，你下狱，我上民教馆开会！变了，天下变了！必得去，必得去唱！一个人唱，叫大家喜欢，多么好呢！

｜冯狗子偷偷探头，见院中没人，轻轻地进来。

狗　子　〔低声地〕疯哥！疯哥！

疯　子　谁？啊，是你！又来打我？打吧！我不跑，也不躲！我可也不怕你！你打，我不还手，心里记着你；这就叫结仇！仇结大了，打人的会有吃亏的那一天！打吧！

四　嫂　〔从屋中出来〕谁？噢！是你！〔向狗子〕你还敢出来欺负人？好大的胆子！黑旋风掉下去了，你不能不知道吧？好！瞧你敢动他一下，我不把你碎在这儿！

狗　子　〔很窘，笑嘻嘻地〕谁说我是来打人的呀！

四　嫂　量你也不敢！那么是来抢？你抢抢试试！

狗　子　我已经受管制，两个多月没干“活儿”[1]了！

四　嫂　你那也叫“活儿”？别不要脸啦！

狗　子　我正在学好！不敢再胡闹！

四　嫂　你也知道怕呀！

狗　子　赵大爷给我出的主意：教我到派出所去坦白，要不然我永远是个黑人。坦白以后，学习几个月，出来哪怕是蹬三轮去呢，我就能挣饭吃了。

四　嫂　你看不起蹬三轮的是不是？反正蹬三轮的不偷不抢，比你强得多！我的那口子就干那个！

狗　子　我说走嘴啦！您多担待！〔赔礼〕赵大爷说了，我要真心改邪归正，得先来对程大哥赔“不是”，我打过他。赵大爷说了，我有这点诚心呢，他就帮我的忙；不然，他不管我的事！

四　嫂　疯哥，别光叫他赔不是，你也照样儿给他一顿嘴巴！一还一报，顶合适！

狗　子　这位大嫂，疯哥不说话，您干吗直给我加盐儿呢！赵大爷大仁大义，赵大爷说新政府也大仁大义，所以我才敢来。得啦，您也高高手儿吧！

四　嫂　当初你怎么不大仁大义，伸手就揍人呢？

狗　子　当初，那不是我揍的他。

四　嫂　不是你？是他妈的畜生？

狗　子　那是我狗仗人势，借着黑旋风发威。谁也不是天生来就坏！我打过人，可没杀过人。

四　嫂　倒仿佛你是天生来的好人！要不是而今黑旋风玩完了，你也不会说这么甜甘的话！

---

① 活儿指偷窃。

疯　子　四嫂，叫他走吧！赵大爷不会出坏主意，再说我也不会打人！

四　嫂　那不太便宜了他？

疯　子　狗子，你去吧！

四　嫂　〔拦住狗子〕你是说了一声“对不起”，还是说了声“包涵”哪？这就算赔不是了啊？

狗　子　不瞒您说，这还是头一次服软儿！

四　嫂　你还不服气？

狗　子　我服！我服！赵大爷告诉我了，从此我的手得去做活儿，不能再打人了！疯哥，咱们以后还要成为朋友呢，我这儿给您赔不是了！〔一揖，搭讪着往外走〕

疯　子　回来！你伸出手来，我看看！〔看手〕啊！你的也是人手，这我就放心了！去吧！

| 狗子下。

四　嫂　唉，疯哥，真有你的，你可真老实！

疯　子　打人的已经不敢再打，我怎么倒去学打人呢！〔入室〕

| 二嘎子飞跑进来。

二　嘎　妈！妈！来了！他们来了！

四　嫂　谁来了？没头脑儿的！

大　妈　〔在屋中〕二嘎，二春满世界找你，叫你上学，你怎么还不去呀？

二　嘎　我这就去，等我先说完了！妈，刚打这儿过去，扛着小红旗子，跟一节红一节白的长杆子，还有像照相匣子的那么个玩意儿。

大　妈　〔出来〕到底是干什么的呀？这么大惊小怪的！

二　嘎　街上的人说，那是什么量队，给咱们量地。

四　嫂　量地干什么呢？

大　妈　不是跑马占地吧？

二　嘎　跑马占地是怎回事？

大　妈　一换朝代呀，王爷、大臣、皇上的亲军就强占些地亩，好收粮收租，盖营房；咱们这儿原本是蓝旗营房啊！

四　嫂　可是，大妈，咱们现在没有王爷，也没有大臣。

大　妈　甭管有没有，反正名儿不一样，骨子里头都差不了多少！

四　嫂　大妈，自从有新政府，咱们穷人还没吃过亏呀！

大　妈　你说得对！可那也许是先给咱们个甜头尝尝啊！我比你多吃过几年窝窝头，我知道。当初，日本人，哟，现在说日本人不要紧哪？

四　嫂　您说吧，有错儿我兜着！

大　妈　你就是"王大胆"嘛！他们在这儿,不是先给孩子们糖吃，然后才真刀真枪的一杀杀一大片？后来日本人走了，紧跟着就闹接收。一上来说的也怪受听，什么捉拿汉奸伍的；好，还没三天半，汉奸又作上官了，咱们穷人还是头朝下！

四　嫂　这回可不能那样吧？您看，恶霸都逮去了，咱们挣钱也容易啦，您难道不知道？

二　嘎　妈，甭听王奶奶的！王奶奶是个老顽固！

四　嫂　胡说，你知道什么？上学去！

二　嘎　可真去了，别说我逃学！〔下〕

大　妈　这孩子！〔*匆匆入室*〕

| *赵老高高兴兴地进来。*

四　嫂　赵大爷，冯狗子来过了，给疯哥赔了不是。您看，他能改邪归正吗？

赵　老　真霸道的，咱们不轻易放过去；不太坏的，像冯狗子，咱们给他一条活路。我这对老眼睛不昏不花，看得出来。四奶奶，再告诉你个喜信！

四　嫂　什么喜信啊？

赵　老　测量队到了，给咱们看地势，好修沟！

四　嫂　修沟？修咱们的龙须沟？

赵　老　就是！修这条从来没人管的臭沟！

四　嫂　赵大爷，我，我磕个响头！〔跪下，磕了个头〕

疯　子　〔开了屋门〕什么？赵大爷！真修沟？您圣明，自从一解放，您就说准得修沟，您猜对了！

二　春　〔由外边跑来〕妈！妈！我没看见黑旋风，他们把他圈起去啦。我可是看见了测量队，要修沟啦！

大　妈　〔开开屋门〕我还是有点不信！

二　春　为什么呢？

大　妈　还没要钱哪，不言不语的就来修沟？没有那么便宜的事！

赵　老　〔对疯子〕疯哥，你信不信？

疯　子　不管王大妈怎样，我信！

赵　老　〔问四嫂〕你说呢？

四　嫂　我已经磕了头！

二　春　这太棒了！想想看，没了臭水，没了臭味，没了苍蝇，没了蚊子，呕，太棒了！赵大爷，恶霸没了，又这么一修沟，咱们这儿还不快变成东安市场？从此，谁敢再说政府半句坏话，我就掰下他的脑袋来！

赵　老　〔问大妈〕老太太，您说呢？

大　妈　我？〔不好意思地笑了笑〕大家伙儿怎说，我怎么说吧！

二　春　咱们站在这儿干什么？还不扭一回哪？〔领头扭秧歌〕呛，呛，起呛起！

众　人　〔除了大妈〕呛，呛，起呛起！〔都扭〕

疯　子　站住！我想起来啦！我一定到民教馆去唱，唱《修龙须沟》！

——第二场终

第三场

时　间　一九五〇年夏初，午饭前。

地　点　同前。

幕启：王大妈独坐檐下干活，时时向街门望一望，神情不安。赵大爷自外来。

赵　老　就剩您一个人啦？

大　妈　可不是，都出去了。您今天没有活儿呀？

赵　老　西边的新厕所昨儿交工，今天没事。〔坐小凳上〕我刚才又去看了一眼，不是吹，我们的活儿作得真叫地道。好嘛，政府出钱，咱们还不多卖点力气，加点工！

大　妈　就修那一处啊？

赵　老　至少是八所儿！人家都说，龙须沟有吃的地方，没拉的地方，这下子可好啦！连自来水都给咱们安！

大　妈　可是真的？我就纳闷儿，现而今的做官的为什么这么爱做事儿？把钱都给咱们修盖了茅房什么的，他们自己图什么呢？

赵　老　这是人民的政府啊，老太太！您看，我这个泥水匠，一天挣十二斤小米，比做官儿的还挣得多呢！

大　妈　这一年多了，我好歹的也看出点来，共产党真是不错。

赵　老　这是您说的？您这才说了良心话！

大　妈　可是呀，他们也有不大老好的地方！

赵　老　那您就说说吧。好人好政府都不怕批评！

大　妈　昨儿个晚上呀，我跟二春拌了几句嘴；今儿个一清早，她就不见了。

赵　老　她还能上哪儿，左不是到她姐姐家去诉诉委屈。

大　妈　我也那么想，我已经托疯哥找她去啦。

赵　老　那就行啦。可是，这跟共产党有什么相干？

大　妈　共产党厉害呀！

赵　老　厉害？

大　妈　您瞧啊，以前，前门里头的新事总闹不到咱们龙须沟来。城里头闹什么自由婚，还是葱油婚哪，闹呗；咱们龙须沟，别看地方又脏又臭，还是明媒正娶，不乱七八糟！

赵　老　王大妈，我明白了，二春要自由结婚？

大　妈　真没想到啊！共产党给咱们修茅房，抓土匪，还要修沟，总算不错。可是，他们也教年轻的去自由。他们不单在城里头闹，还闹到龙须沟来，您说厉害不厉害！

赵　老　这才叫真革命，由根儿上来，兜着底儿来！

大　妈　您要是有个大姑娘，您肯叫她去自由吗？那像话吗？

赵　老　我？王大妈，咱们虽然是老街坊了，我可是没告诉过您。我的老婆呀……

大　妈　您成过家？您的嘴可真严得够瞧的！这么些年，您都没说过！

赵　老　我在北城成的家，我的老婆是媒人给说的。结婚不到半年，她跟一个买卖人跑了。她爱吃喝玩乐，她长得不寒碜——那时候我也怪体面——我挣的不够她花的！她跑了之后，我没脸再在城里住，才搬到龙须沟来。老婆跑了，我自然不会有儿女。比方说，我要是有个女儿，要自己选个小人儿，我就会说：姑娘，长住了眼睛，别挑错了人哟！

| 程疯子挺高兴地进来。

大　妈　二春在大姑娘那儿哪？

疯　子　在那儿，一会儿就回来。

大　妈　这我就放心了！劳你的驾！你跟她怎么说的？

疯　子　我说，回去吧，二姑娘，什么事都好办。

大　妈　她说什么呢？

疯　子　她说：妈妈要是不依着我，我就永远不回去，打这儿偷偷地跑了！

大　妈　丫头片子，没皮没脸！你怎么说的？

疯　子　我说，别那么办哪！先回家，从家里跑还不是一样？

大　妈　这是你说的？你呀，活活的是个半疯子！

赵　老　大妈，想开一点吧。二春的事，您可以提意见，可千万别横拦着竖挡着！我吃过媒人的亏，所以我知道自由结婚好！

大　妈　唉，我简直地不知道怎么办好啦！

| 丁四脚底下像踩着棉花似的走进来。

大　妈　这是怎么啦？

丁　四　没事，我没喝醉！

赵　老　大妈，给他点水喝！回头别教四嫂知道，省得又闹气！

大　妈　我给他倒去。〔去倒水〕哼，还没到晌午，怎么就喝猫尿呢？

疯　子　〔扶丁四坐下〕坐坐！

大　妈　〔端着水〕先喝口吧！〔把水交给疯子〕

丁　四　没事！我没喝醉！

赵　老　喝多了点，可是没醉！

大　妈　就别说他了，他心里也好受不了！〔向丁〕再来一碗水呀！

丁　四　不要了，大妈！劳您驾！刚才一阵发晕，现在好啦！〔把碗递给大妈〕我是心里不痛快，其实并没喝多！

| 大妈又去干活，疯子也坐下。

赵　老　〔向丁〕我不明白，老四，四奶奶现在挣得比从前多了，你

怎么倒不好好干了呢？你这个样，教我老头子都没脸见四奶奶，她托我劝你不是一回了！

丁　四　您向着这个政府，净拣好的说。

赵　老　有理讲倒人，我没偏没向！

丁　四　您听我说呀，二嘎子的妈，不错，是挣得多点了；可是我没有什么生意。您看，解放军不坐三轮儿，当差的也不是走，就是骑自行车，我拉不上座儿！

赵　老　可是你也不能只看一面呀。解放军不坐车？当初那些大兵倒坐车呢，下了车不给钱，还踹你两脚。先前你是牛马，现在你是人了。这不是我专拣好的说吧？

丁　四　不是。

赵　老　好！当初，巡警不敢管汽车，专欺负拉车的，现在还那样吗？

丁　四　不啦！

赵　老　好！前些日子，政府劝你们三轮车夫改业，我掰开揉碎地劝你，你只当了耳旁风。

丁　四　我三十多岁了，改什么行？再者我也舍不得离开北京城。

赵　老　只要你不惜力，改行就不难！舍不得北京，可又嫌这儿脏臭，动不动就泡蘑菇，你算怎么回事呢？开垦，挖煤，人家走了的都快快活活地搞生产，政府并不骗人！

丁　四　骗人不骗人的，反正政府说话有时候也不算话！

赵　老　什么？

丁　四　您就说，前些日子，他们测量这儿，这么多天啦，他们修沟来了没有？

赵　老　修沟不是三钱儿油、俩钱儿醋的事，那得画图，预备材料，请工程师，一大堆事哪！丁四，我跟你打个赌，怎样？

丁　四　甭打赌。反正多咱修沟，我就起劲儿干活儿。您老说，这个政府是人民的，我倒要看看，给人民办事不办！这条沟淹死了小妞子，我跟它有仇！

赵　老　这可是你说的？不准说了不算！

丁　四　您看着呀！

赵　老　好，我等着你的！多咱沟修了，你还不听我的话，看，我要不揍你一顿的！

丁　四　您揍我还不容易，我又不敢回手。

赵　老　你这个家伙，软不吃，硬不吃，没法儿办！

| 二嘎子提着一筐子煤核儿，飞跑进来。

二　嘎　爸爸，给你，半筐子煤核儿，够烧好大半天的！〔说完，转身就跑〕

丁　四　嗨！你又上哪儿闯丧去？

二　嘎　我上牟家井！

丁　四　干吗？

二　嘎　那里搭上了窝棚，来了一大群做工的。还听说，大街上不知道多少辆车，拉着砖、洋灰、沙子，还有里面能站起一个人的大洋灰筒子！我得钻到筒子里试试去，看到底有多高！〔跑去〕

赵　老　修沟的到了！到了！

疯　子　二嘎子，等等，我也去！〔跑去〕

大　妈　〔也立起来往前跑了两步〕真修沟？真一个钱也不跟咱们要？

赵　老　这才信了我的话吧？老太太！

大　妈　没听说过的事！没听说过的事！

赵　老　丁四，你怎么说？

丁　四　我，我……

赵　老　〔把丁四拉起来，面对面恳切地说〕丁四，你看，咱们的政府并不富裕——金子、银子不是都教蒋介石跟贪官给刮了去，拿跑了吗？——可是，还来给咱们修沟，修沟不是一两块钱的事啊！政府的这点心，这点心，太可感激了吧？

丁　四　我知道！

赵　老　东单、西四、鼓楼前，哪儿不该修？干吗先来修咱们这条臭沟？政府先不图市面儿好看，倒先来照顾咱们，因为这条沟教我年年发疟子，淹死小妞子；一下雨，娘子就摆不上摊子，你拉不出车去，臭水带着成群的大尾巴蛆，流到屋里来。政府知道这些,就为你,我,全龙须沟的人想办法，不教咱们再病，再死，再臭，再脏，再挨饿。你我是人民，政府爱人民，为人民来修沟！你信不信我的话呀？

丁　四　我信了！信了！我打这儿起，不再抱怨，我要好好地干活儿！

赵　老　比如说，政府招呼你去修沟，你去不去呢？这是你的沟，也是你的仇人，你肯不肯自己动手，把它弄好了呢？

丁　四　别再问啦，赵大爷，对着青天，我起誓：一动工，我就去挖沟！

——幕落

第三幕

第一场

时　间　一九五〇年夏。某一夜的后半夜，天尚未明。

地　点　龙须沟地势较高处的一家小茶馆——三元茶馆。

布　景　三元茶馆是两间西房，互相通连，冬天在屋里卖茶，夏季在屋外用木棍支着旧席棚，棚下有土台，作为茶桌。旁边放着长方桌，上边有茶壶、茶碗和小酒坛子、酒菜，和少许的低级香烟，另外两三个玻璃缸里面装着一包包的茶叶、花生仁等。

| 幕启：前半夜的雨刚刚止住，还能听得见从破席棚滴下来的滴水声，间有一两声鸡鸣。

| 茶馆的刘掌柜，点着洋油灯在炉旁看看火，看看水壶，又向棚外张望，好像在等待什么人似的。

| 一位警察走向棚来，穿着被水浸透的雨衣，赤脚穿着胶皮鞋，泥已溅满裤腿上，手里拿着电筒。

警　察　刘大爷，您多辛苦啦！

掌　柜　哪儿的话您哪！

警　察　您这儿预备得怎么样啦？

掌　柜　都差不离儿啦，等会儿老街坊们来到，准保有热茶喝，有舒服地方坐。

警　察　这就好了！所长指示我，教我跟赵大爷说：请他先别挖沟，先招呼着老街坊们到这儿来，免得万一房子塌了，砸伤了人！

掌　柜　也就是搁在现而今哪，要是在解放以前，别说下雨，就是淹死、砸死也没人管哪！这可倒好，派出所还给找好了地方，教老街坊们躲躲儿，唯恐怕房子塌了砸死人！

警　察　〔一边听掌柜的讲话，一边用电筒照那两间西房〕可不，这回事啊，也幸亏是大家伙儿出来自动地帮忙，要光靠我们派出所这几个人跟工程队呀，干得也不能这么快！刘大爷，我走啦！回头赵大爷领着老街坊们来，您可多照应点儿！哟！老街坊们来了！〔赵老领着一批群众先上〕赵大爷！都来了吗？

赵　老　来了一拨儿，跟着就都来！

警　察　这儿拜托您啦！我帮助挖沟去。〔向群众〕老街坊们！这儿歇歇儿吧！〔下〕

赵　老　女人、小孩到屋里去！屋里有火，先烤干了脚！〔女人、小孩向屋内移动，男人们或立或坐〕二春！二春！二春还没来吗？

二　春　〔从外面应声〕来嘹！赵大爷，我来嘹！〔跑上，手中提着小包，身上披着破雨衣；放下小包；一边脱雨衣，一边说〕好家伙，差点儿摔了两个好的。地上真他妈的滑！

赵　老　别说废话！先干活儿！

二　春　干什么？您说！

赵　老　先去烧水、沏茶，叫大家伙儿热热呼呼地喝一口！然后再多烧水，找个盆，给孩子们烫烫脚，省得着凉生病！

二　春　是啦！〔提起小包要往屋中走〕

| 一青年背着王大妈上，她两手拿着许多东西。

大　妈　二春！二春！你在哪儿哪？你就不管你妈了呀？我要是摔死了，你横是连哭都不哭一声！

二　春　〔向青年〕你进来歇歇呀！

青　年　还得背人去呢！〔跑下〕

二　春　妈！屋里烤烤去！〔接妈手中的东西〕

大　妈　我不在这儿！〔不肯松手东西〕

二　春　不在这儿，您上哪儿？

大　妈　我回家！我忘了把烙铁拿来了！

赵　老　大妈，这是瞎胡闹！烙铁不会教水冲了走！您岁数大，得给大家做个好榜样，别再给我们添麻烦！

大　妈　唉！〔坐下〕我早就知道要出漏子！从前，动工破土，不得找黄道吉日吗？现在，好，说动土就动土，也不挑个好日子；龙须沟要是冲撞了龙王爷呀，怎能不发大水！

赵　老　二春！干你的去；就让老太太在这儿叨唠吧！

二　春　妈，好好的在这儿，别瞎叨唠！现在呀，哪天干活儿，哪天就是黄道吉日，用不着瞧皇历！〔入屋中〕

| 疯子搀着娘子上。

娘　子　你撒手我！你是搀我，还是揪我呢？

疯　子　好，我撒手！

娘　子　赵大爷，我干点什么？

赵　老　帮助二春去，她在屋里呢。疯哥，你把东西交给娘子，去作联络员，来回地跑着点。

疯　子　好，我能做这点事。真个的，这儿的水够使吗？自来水的钥匙可在咱身上呢！

掌　柜　够用，够用！

〡疯子下。

娘　子　〔看见大妈〕哟！老太太，您怎么在这儿坐着，不进去呢？

大　妈　我不进去！没事找事儿，非挖沟不可，看，挖出毛病来没有？

娘　子　您忘了，每回下大雨不都是这样吗？

赵　老　再说，沟修好以后，就永远不再出这样的毛病了！

二　春　〔在屋门内〕赵大爷，娘子，都不必再理她！妈，您老这么不讲理，我可马上就结婚，不侍候着您了！

大　妈　哼，不教我相看相看他，你不用想上轿子！

二　春　您不是相看过了吗？

大　妈　我？见鬼！我多咱看见过他？

二　春　刚才背着您的是谁呀？〔回到屋内〕

大　妈　就是他？

赵　老
娘　子　哈哈哈！

娘　子　这门亲事算铁了！

大　妈　我，我，我斗不过你们！我还是回家！破家值万贯，我不能半夜里坐野茶馆玩！

娘　子　算了吧，老太太！这回水并不比从前那些回大，不过呀，政府跟警察呀，唯恐其砸死人，所以把咱们都领到这儿来！得啦，进去歇会儿吧！

二　春　〔在屋中〕快来呀，茶沏好啦！谁来碗热的！

娘　子　走吧，喝碗热茶去！〔扯大妈往屋中走〕

疯　子　〔在远处喊叫〕往这边来，都往这边来！赵大爷，又来了一批！

赵　老　〔往外跑〕这边！这边！

| 又来了一批人，男的较多。

赵　老　女的到屋里去！男的把东西放下，丢不了。咱们还得组织一下，多去点人，帮着舀水跟挖沟去吧！不能光教官面上的人受累，咱们在旁边瞧着呀！

众　甲　冲着人家这股热心劲儿，咱们应当回去帮忙！

赵　老　这话说得对！有我跟刘掌柜的在这儿，放心，人也丢不了，东西也丢不了。我说，四十岁以上的去舀水，四十以下的去挖沟，合适不合适？

众　乙　就这么办啦！

众　人　咱们走哇！〔下〕

| 丁四嫂独自跑上。

四　嫂　赵大爷，赵大爷，没看见二嘎子呀？

赵　老　没有！他那么大了，丢不了！

四　嫂　这孩子，永远不教大人放心！

赵　老　丁四呢？

四　嫂　他挖沟去了！

赵　老　好小子！他算有了进步！

四　嫂　有了进步？哼！您等着瞧！他在外面受了累回来，我的罪过可大啦！他横挑鼻子竖挑眼，倒好像他立下汗马功劳，得由我跪接跪送才对！

赵　老　就对付着点吧！你受点委屈，将就将就他。不管怎么说，他现在总是为人民服务哪，还真卖力气，也怪难为他的！

娘　子　〔在屋门口叫〕四嫂，进来，喝口水，赶赶寒气儿！

四　嫂　娘子，你给我照应着东西，我得找二嘎子去！好家伙，他

可别再跟小妞子似的……〔下〕

| 疯子跑进来。

疯　子　丁四哥回来了！

| 丁四扛着铁锹，满身泥垢，疲惫地从外边来。

赵　老　四爷，回来啊？

丁　四　快累死了，还不回来？

疯　子　四哥，沟怎样啦？

丁　四　快挖通了！〔坐〕

娘　子　〔端茶来〕四哥，先喝口热的！〔让别人〕

大　妈　〔出来〕丁四，到底是怎么一回事呀？水下去没有？屋子塌了没有？咱们什么时候能回去？他们真把东西都搬到炕上去了吗？

二　春　〔出来〕妈！妈！您一问就问一大车事呀！四哥累了半夜了，您教他歇会儿！

大　妈　我不再出声，只当我没长着嘴，行不行？

丁　四　别吵喽！有人心的，给我弄点水，洗洗脚！

二　春　我去！我去！〔入屋〕

丁　四　〔打哈欠〕赵大爷！

赵　老　啊！怎样？

丁　四　自从一修沟，我就听您的话，跟着做工。政府对得起咱们，咱们也要对得起政府。话是这么讲不是？

赵　老　对！你有劲！政府给咱们修沟，你年轻轻的还不出一膀子力气？

丁　四　可是，我苦干一天，晚上还教水泡着，泥人还有个土性儿，我受不了！我不干啦！我还去拉车，躲开这个臭地方！

二　春　〔端水来〕四哥，先烫烫脚！

丁　四　〔放脚在盆内〕我不干了！

二　春　不干什么呀？

疯　子　四哥！四哥！来，我给你洗脚！你去修沟，你跟政府一样的好，我愿意给你洗脚。赵大爷常说，为大家干活儿的都是好汉。四哥，你是好汉，我愿意侍候你，你也知道，我不是那种低三下四的人！

娘　子　四哥，疯子常犯糊涂，这回可做对了！教他给你洗！

丁　四　疯哥，那不行！不敢当！

| 四嫂跑进来。

四　嫂　那可不能！疯哥，起开，我给他洗！〔蹲下给他洗〕

丁　四　你干什么去啦？

四　嫂　我找二嘎子去啦。找了七开八得，也找不着他！

丁　四　对，再把儿子丢了，够多么好啊！我是得躲开这块倒霉的地方！这个地方不出好事！

四　嫂　你又来了不是？你是困了，累了，闹脾气。洗完了，我给你找个地方，睡会儿觉！二嘎子丢不了，他那么大了。

赵　老　丁四，你现在为大家伙儿挖沟，大家伙儿谁不伸大拇哥，说你好！

丁　四　是吗，脚都快泡烂了，还不说我好！

| 一警察背着二嘎子进来，二嘎子已睡着了。

四　嫂　〔迎过去〕二嘎子，你上哪儿去喽？

警　察　他是好心，跟着我跑了半夜。现在，他已经睁不开眼，我把他背回来啦。

二　嘎　〔睁开眼，下来〕妈！我可困得不行了！

| 四嫂携二嘎子入屋中。

警　察　赵大爷，辛苦啦！这儿都顺序？

赵　老　挺好！你先喝碗水吧，也累得够瞧的啦！

二　春　来，您喝碗！〔递茶〕

警　察　谢谢二姑娘，你也卖了力气！王大妈，您受屈啦！

大　妈　我受屈不受屈的，到底这都是怎回事呢？

警　察　待会儿我再跟您说。疯哥，娘子，你们也辛苦啦！

娘　子　您才真受了累！疯子今天也不错，做联络员！

警　察　丁四哥，这一夜可够你受的！

赵　老　哼，老四正闹脾气！又是什么还拉车去，不管咱们的臭事儿喽！

丁　四　赵大爷，赵大爷，那是刚才，现在我又好啦！同志，就凭您亲自把二嘎子背回来，您教我干吗，我干吗！什么话呢，咱们都是外场人，不能一面理，要老娘儿们脾气！

二　春　女人，我们女人并不像你，一会儿明白，一会儿糊涂！

警　察　得，得，先别拌嘴！丁四，你找个地方睡会儿去！

丁　四　这儿就好，打个盹儿就行！

二　春　可倒好，说不闹脾气，就比谁都顺溜！

| 刚才走出去的男人们回来一部分。

警　察　辛苦了，诸位！沟挖通了？

众　人　通啦！

警　察　屋里还有人吧？

二　春　有，孩子跟妇女。

警　察　别惊动小孩子，大人愿意听听的，可以请出来。

二　春　我去。〔跑到屋门口叫大家〕

警　察　老街坊们！

| 众妇人，四嫂在内，随二春出来。

警　察　老街坊们！都请坐！请赵大爷说说，因为夜里的事儿，有人知道，有人还不大清楚。〔众有立有坐〕赵大爷，说说吧！

赵　老　你也坐下吧！你也干了半夜啦！

警　察　行，站着好。

赵　老　老街坊们，修沟的计划是先修一道暗沟；把暗沟修好，再填上那条老的明沟。这个，诸位都知道。

众　人　知道。

赵　老　刚一修沟的时候，工程处就想得很周到，下边用板子顶住沟梆子，上边用柱子戗[1]住了墙，省得下面的土一松，屋子跟墙就许垮架；咱们这溜儿的房子都不大结实。这个，大家也都知道。

众　人　知道。

赵　老　可是，连这么留神哪，还出了昨儿夜里的毛病！第一是：谁也没有想到这么早就能下瓢泼瓦灌的暴雨。第二是：正在新沟跟旧沟接口的地方，新挖出来的土一时措手不及抬走，可就堵住了旧沟。这么一来，大家可受了惊，受了委屈，受了损失。区政府里、公安局里都觉得对不起咱们。刚才，连区长带别的首长，全都听到信儿就赶到了；区长亲自往外背人，抢救东西。派出所所长，现在还在给大家往外舀水呢。诸位有什么话，尽管说，待会儿好转告诉区长、所长。

| 众人无语。

警　察　有话就说吧，好话歹话都可以说，咱们是一家人！

二　春　要依我看哪……

大　妈　二春！这儿有的是人，你占什么先，姑娘人家的！

二　春　好，您要有话，您就说！

| 大妈不语。

赵　老　大妈说呀！现在的警察愿意听咱们的话。

大　妈　我没的说，要说呀，我只说这一句：下回再下雨呀，甭教，

---

① 音qiàng，顶住的意思。——絮青注。

我出来！半夜三更的实在可怕！

警　察　区长、所长是怕屋子塌了，砸死人哪！老太太！

众　甲　要不挖那道暗沟，不是没有这回事了吗？

二　春　你说的是糊涂话！

众　甲　这儿不是谁都可以说话吗？

二　春　可也不能说糊涂话！不修暗沟，怎么能填平了明沟；不弄没了明沟，咱们这里几儿个才能不脏不臭？你说！

娘　子　再说——

众　乙　喝！娘子军！

| 众人笑。

娘　子　再说：去年、前年，年年哪回下大雨，不淹起咱们来？可是，淹死，砸死，有谁管过咱们？咱们凭良心说话，这回并不比往年那些回淹得苦，可是连区长都上头淋着，下头蹚着，来救咱们，咱们得谢谢他们！

四　嫂　我不管别的，只说说我的那口子，〔指伏桌睡的丁四〕要不是因为修咱们的沟，他能变成工人，给大家伙做点事吗？赶明儿个，沟修好了，有多么棒呢！

二　春　说得好！四嫂！

| 众人鼓掌。

警　察　赵大爷，您再说两句吧！

众　人　赵大爷多说说！

赵　老　好吧，我再说几句吧。政府不修王府井大街，不修西单牌楼，可先给咱们修沟，这实在是件了不起的事。修沟出了点毛病，政府又这么关心我们，我活六十多岁了，没有见过！再者，沟修好了以后，不是就永远不出毛病了吗？人心都在人心上，政府爱我们，我们也得爱政府。是不是呀？诸位？

众　人　赵大爷说得对！

疯　子　要没这回事，咱们还不知道政府这么好呢！

警　察　我补充一两句：这回事儿还算好，没有伤了人。大家的东西呢，来得及的我们都给搬到炕上去了。现在，雨住了，天也亮了，大家愿意回家看看去呢，就去；愿意先歇会儿再去呢，西边咱们包了两所小店儿，大家随便用。

赵　老　到家里看看，要是没法儿歇歇睡会儿，还可以到店里去。是这样不是？

警　察　对！西边的联升店跟天成店。二春姑娘，你招呼着姑娘老太太们到联升店去。赵大爷，您带着男同志们到天成店去。

二　春　妈、娘子、四嫂、诸位，咱们走哇！

娘　子　我去拿东西。〔入屋中，几位妇人随着〕

四　嫂　〔同二嘎出来〕这位爷〔指丁四〕还睡哪。顶好别惊动他，就让他睡下去吧。〔给他披上一件衣服〕

二　春　妈，走哇！

大　妈　一辈子没住过店，我不去！我回家！

二　春　屋里还有水哪！

大　妈　在家里蹚着水也是好的！

二　春　成心捣乱！妈，您可真够瞧的！

四　嫂　二嘎子，你送王奶奶去！到家要是不能住脚，就搀她老人家到店里来，听见了没有？给王奶奶拿着东西！

二　嘎　王奶奶，我要是走得快，您可别骂我！

大　妈　我几儿骂过人？小泥鬼儿！

警　察　王大妈，您走哇？慢着点，地上怪滑的！

大　妈　〔回首〕久住龙须沟，走道儿还会不知道怎么留神？

二　春　〔对妇女们〕咱们走吧？

众　人　走！同志，替我们给区长、所长道谢！〔往外走〕

赵　老　〔对男人们〕咱们也走吧？

众　甲　咱们给挖沟的弟兄们喊个好！

众　人　〔连没走净的妇女一齐喊〕好！好！

——第一场终

第二场

时　间　一九五〇年夏末。龙须沟的新沟落成，修了马路。

地　点　同第一幕小杂院。

布　景　杂院已经十分清洁，破墙修补好了，垃圾清除净尽了，花架子上爬满了红的紫的牵牛花。赵老的门前，水缸上，摆着鲜花。丁四的窗下也添了一口新缸。满院子被阳光照耀着。

幕启：王大妈正坐在自己门前一个小板凳上，给二春缝着花布短褂，地上摆着一个针线笸箩。四嫂从屋里出来，端详自己的打扮，特别是自己的新鞋新袜子。

大　妈　〔看四嫂出来，向她发牢骚〕四嫂哇！您看二春这个丫头，今儿个也不是又上哪儿疯去了！我这儿给她赶件小褂，连穿上试试的工夫都抓不着她！

四　嫂　她忙啊！今天咱们门口的暗沟完工，也不是要开什么大会，就是办喜事的意思。她说啦，您、我、娘子都得去；要不怎么我换上新鞋新袜子呢！您看，这双鞋还真抱脚儿，肥瘦儿都合适！

大　妈　我可不去开会！人家说什么，我老听不懂。

四　嫂　也没什么难懂的。反正说的都离不开修沟，修沟反正是好事，好事反正就得拍巴掌，拍巴掌反正不会有错儿，是不是？老太太！

大　妈　哼，你也跟二春差不多了，为修沟的事，一天到晚乐得并不上嘴儿！

四　嫂　是值得乐嘛！您看，以前大伙儿劝丁四找点正事做，谁也劝不动他。一修沟，好，沟把他劝动了！

大　妈　臭沟儿儿个跟他说话来着？

四　嫂　比方说呀，这是个比方。沟仿佛老在那儿说：我臭，你敢把我怎样了？我淹死你的孩子，你敢把我怎样了？政府一修沟啊，丁四可仿佛也说了话：你臭，你淹死我的孩子？我填平了你个兔崽子！就是这么一回事。

| 娘子提着篮子回来。

四　嫂　娘子，怎这么早就收了？

娘　子　不是要开大会吗？百年不遇的事，我歇半天工，好开会去。喝，四嫂子，您都打扮好了？我也得换上件干净大褂儿。这，好比说，就是给龙须沟做生日；新沟完了工，老沟玩了完！

大　妈　什么事儿呀，都是眼见为真；老沟还敞着盖儿，没填上哪！

娘　子　那还能不填上吗？留着它干什么呀？老太太，对街面儿上的事您太不积极啦！

大　妈　什么鸡极鸭极的，反正我沉得住气，不乱捧场，不多招事。

四　嫂　我知道您为什么老不高兴，就是为二姑娘的婚事。您心里有这点委屈别扭，就看什么也不顺眼，是吧？

大　妈　按说，我不应当因为自己的别扭，就拦住你们的高兴！是啊，你们应该高兴。你就说，连疯哥都有了事做，谁想得到啊！

娘　子　大妈，您别提疯子，他要把我气死！

大　妈
四　嫂　怎么？

娘　子　自从他得着这点美差，看自来水，夜里他不定叫醒我多少遍。一会儿，娘子，鸡还没打鸣儿哪？

大　妈　他可真鸡极呀！

娘　子　待一会儿，娘子，还没天亮哪？这家伙，看看自来水，倒仿佛做了军机大臣，唯恐怕误了上朝！

四　嫂　娘子，可也别说，他要不是一个心眼：说干就真干，为什么单派他看自来水呢？我看哪，他手不能提篮，肩不能担担，这个事儿交给他顶合适啦！

娘　子　是呀，无论怎么说吧，他总算有了点事做；好歹的大伙儿不再说他是废物点心，我的心里总痛快点儿！要是夜里他不闹，不就更好了吗？

四　嫂　哪能那么十全十美呢？这就不错！我的那口子不也是那样吗？在外边，人家不再喊他丁四，都称呼他丁师傅，或是丁头儿；你看，他乐得并不上嘴儿；回到家来，他的神气可足了去啦，吹胡子瞪眼睛的，瞧他那个劲儿！

娘　子　可也别说呀，他这路工人可有活儿干啦！净说咱们这一带，到永定门去的大沟，东晓市的大沟，就还够做好几个月的。共产党啊，是真行！听说，三海、后海、什刹海，连九城的护城河，都给挖啊！还垒上石头坝。以后还要挨着班儿地修马路呢。四哥还愁没事儿做？二嘎子更有出息啦，进工厂当小工子，还外带着念书，赶明儿要是好好地干，说不定长大了还当厂长呢！

四　嫂　唉！慢慢地熬着吧，横是离好日子不远啦！哟！二嘎子那件小褂儿还没上领子呢！〔进屋取活计〕

| 程疯子自外面唱着走来。

疯　子　我的水，甜又美，喝下去肚子不闹鬼。我的水，美又甜，一挑儿才卖您五十元。

娘　子　瞧这个疯劲儿！大妈！您坐着，我进去换换衣裳。〔下〕

疯　子　〔进来，还唱〕沏茶喝，甜又香，不像先前沏出茶来稠嘟嘟的像面汤。洗衣裳，跟洗脸，滑滑溜溜又省胰子又省碱。

四　嫂　〔取了活计出来，缝着衣服〕疯哥，你不看着水，干吗回来啦？

疯　子　大妈、四嫂，我回来研究那段数来宝，好到大会去唱！二嘎子替我看着水呢。他现在识文断字，比我办事还精明呢！

四　嫂　哼，你们这一对儿够多么漂亮啊！

疯　子　四嫂，别小看我们俩，坐在一块儿我们就讨论问题！

四　嫂　就凭你们俩？

疯　子　您听着呀！刚才，我说，二嘎子，你看，现在咱们这儿有新沟老沟两条沟，一前一后夹住了咱们的院子。新沟是暗沟，管子已经都安好，完了工啦；上面修成了一条平平正正的马路。二嘎子说：赶明儿个，旧沟又哼喳哼喳地一填，填平了，又修成一条马路。我就说，咱们房前房后，这么一来，就有两条马路。马路都修好，我问二嘎子，该怎么办了？四嫂，二嘎子真聪明；他说：该种树！他问我：疯大爷，种什么树？我说：柳树，垂杨柳，多么美呀！二嘎子说：呸！

四　嫂　你看这孩子！

疯　子　他说，得种桃树，到时候可以吃大蜜桃啊！您瞧，二嘎子多么聪明！

娘　子　〔在屋中〕别说啦，快来编词儿吧！

疯　子　赶趟，等我说完最要紧的一段儿。四嫂，我跟二嘎子又研究出来：咱们这儿，还得来个公园。二嘎子提议：把金鱼池改作公园，周围种上树，还有游泳池，修上几座亭子，够多么好啊！

娘　子　〔出来，换上新衫〕别在这儿做梦啦！

四　嫂　也不都是梦。谁想到咱们门口会有了马路，会有了干干净净的厕所，会有了自来水？谁能说这儿就不该有个公园呢！

疯　子　四嫂言之有理！如此，大妈、四嫂、娘子，我就暂且失陪了！〔以上均用京剧话白的腔调，走入屋中〕

四　嫂　也难怪孩子们爱他，他可真婆婆妈妈的有个趣儿！

娘　子　就别夸他了，跟小孩子一样，越夸越发疯！

| 丁四夹着一身新蓝布裤褂，欢欢喜喜地进来。

丁　四　王大妈，娘子，看新衣裳呕！

| 她们都围上来。大妈以手揉布，看布质好坏；娘子看裤子的长短；四嫂看针线细不细。

丁　四　〔看见了四嫂的新鞋新袜〕哼，打下面看哪，还不认识你了呢！

四　嫂　别要骨头！〔提着褂子〕穿上，看看长短。

丁　四　〔穿〕怎样？

娘　子　挺好！挺合身儿！

大　妈　就怕呀，一下水得抽一大块！

丁　四　大妈！您专会说吉祥话儿！

大　妈　不是呀！你们男人要是都会买东西，要我们女人干什么呢？

四　嫂　得啦，管它抽多少呢，反正今天先穿个新鲜劲儿！

大　妈　别怪我说，那可不是过日子的道理呀！你就该去买布，咱们大伙儿给他缝缝；那，一身能当两身穿！

丁　四　可是大妈，您可也有猜不到的事儿。刚才呀，卖衣裳的一张嘴，就要四万五，不打价儿。

娘　子　现在买什么都是言无二价。

丁　四　我把衣裳撂下，跟他聊天。喝，我撒开了一吹：我买这身儿为的是去开大会；我修的沟，我能不去参加落成典礼吗？我又一说：怎么大夏天的，上边晒得流油，下边踩着黑泥，旁边老沟冒着臭气，苍蝇、蚊子落在身上就叮，臭汗一直流到鞋底子上！我还没说完哪，您猜怎么着，他把衣裳塞在我手里，说：拿去，给我四万块钱！不赔五千，赶明儿你填老沟的时候，把我一块儿埋进去！大妈，您想得到这一招吗？

大　妈　哟，那可太便宜了，我也买一身去！

丁　四　大妈，您修过沟吗？

大　妈　对！我再去修沟就更像样儿了！不理你们了，简直地说不到一块儿！〔回去做活〕

〔二春襟前挂着红绸条——联络员。头上也扎着绸条，从外跑进来。

二　春　四哥，还不快去，你们集合啦！

丁　四　我换上裤子就走！〔跑进屋去〕

大　妈　二春快来试试衣裳！〔提着花短褂给二春穿〕

二　春　〔试着衣裳〕妈，今儿个可热闹了，市长、市委书记还来哪！妈，您去不去呀？

大　妈　不去，我看家！

二　春　还是这样不是？用不着您看家，待会儿有警察来照应着这条街，去，换上新衣裳去！教市长看看您！

娘　子　您就去吧，老太太！龙须沟不会天天有这样的热闹事。

四　嫂　您去！我保驾！

大　妈　好吧！我去！〔入室〕

四　嫂　戴上您那朵小红石榴花儿！

二　春　娘子，四嫂，得预备一下呀，待一会儿还有报馆的人来访问咱们，也许给咱们照相呢！娘子，人家要问你，对修沟有什么感想，你说什么？

娘　子　什么叫感想啊？

大　妈　〔在屋门内〕你就别赶碌她啦！越赶她越想不起来啦！

二　春　感想啊，大概就是有什么想头儿。

| 丁四从屋中跑出来。

丁　四　会场上见啦！〔跑出去，高兴地唱着——解放区的天……〕

娘　子　这么说行不行？一修沟啊，连我的疯爷们都有了事做，我感激政府！

二　春　行！你呢，四嫂？

四　嫂　要问我，我就说：政府要老这么做事呀，龙须沟就快成了大花园啦！可有一样，成了花园，也得让咱们住着！

二　春　别看四嫂，还真能说两句儿呢！你放心，沟臭的时候是咱们住，香的时候也是咱们住！妈！妈！

大　妈　别催我！〔出来〕这样行了吧？〔指衣服〕

二　春　〔端详妈妈〕行啦！人家要问您，您说什么呀？

大　妈　我——

二　春　说什么呀？

大　妈　沟修好了，我可以接姑奶奶啦！

| 大家哈哈大笑。

二　春　您就是这一句呀？

大　妈　见了生人，说不出话来！〔突然想起〕二春，我可不照相，照一回丢一回魂儿！

二　春　妈，您可真会出故典！

娘　子　我替您，我不怕丢魂儿；把我照了去，也教各处的人见识见识，北京城有个程娘子！我又有了个主意，咱们大家伙儿应当凑点钱，立一块碑，刻上：以前这儿是臭沟，人民政府把它修成了大道！

二　春　这可是好意见，我得告诉赵大爷。咱们得凑钱立这块碑！

四　嫂　对！也教后代子孙知道知道。要凑钱，我捐一斤小米儿！

| 远处有腰鼓声。

二　春　腰鼓队出来了！咱们走吧！

| 二嘎子手执小红旗子飞跑而来。

二　嘎　报！赵队长爷爷到！摆队相迎！

| 赵大爷穿着新衣，胸前佩红绸条，昂然地进来。

二　春　瞧赵大爷哟！简直像总指挥！

赵　老　〔笑〕小丫头片子！

二　春　赵大爷，您可得预备好了哟，新闻记者一定会访问您！

赵　老　还用你嘱咐，前三天我就预备好喽！

二　春　好，我当记者：〔模拟〕您对修沟有什么感想？

赵　老　简单地说，还是详细地说？

二　春　〔模拟〕请简单地说吧！

赵　老　这叫五福临门！

二　春　哪五福呢？

赵　老　我们的门前修了暗沟，院后要填平老明沟，一福。前前后后都修上大马路，二福。我们有了自来水，三福。将来，这里成了手工业区，大家有活做，有饭吃，四福。赶明儿个金鱼池改为公园，做完了活儿有个散逛散逛的地方，五福！

二　春
四　嫂
娘　子　〔与赵老同时〕五福！
大　妈

| 附近邻居，都像院里人一样，换了新衣服，去开会。正经过大门口。一位警察跑进门来，招呼大家。群众有的等在大门外，也有走进院里来的。

| 远处军乐声，腰鼓声。

警　察　开会去喽！快到时候啦！

| 大妈反身要锁自己的房门，四嫂、娘子赶去拦大妈。正拉着她要往外走，疯子由屋中跑出，手里拿着竹板。

疯　子　诸位别忙，先等等儿！我这儿编出来个新词儿，先给你们唱唱试试！

众　人　赞成！唱，唱！

疯　子　听着啊——给诸位，道大喜，人民政府了不起！了不起，修臭沟，上手儿先给咱们穷人修。请诸位，想周全，东单、西四、鼓楼前；还有那，先农坛、五坛八庙、颐和园；要讲修，都得修，为什么先管龙须沟？都只为，这儿脏，这儿臭，政府看着心里真难受！好政府，爱穷人，教咱们干干净净大翻身。修了沟，又修路，好教咱们挺着腰板儿迈大步；迈大步，笑嘻嘻，劳动人民努力又心齐。齐努力，多做工，国泰民安享太平！

众　人　〔跟着疯子齐声喊〕享太平！

| 外边，远处近处都是一片欢呼声：“毛主席万岁！”

大家随着欢呼声音涌出小院，外边会场上的军乐声起，幕在《青年进行曲》声音中徐徐落下。

——全剧终

*初载一九五〇年九月《北京文艺》第一卷第一期，连载至第一卷第三期完。一九五一年二月由“老人艺”话剧队首次演出，焦菊隐导演。

散文卷

想北平

设若让我写一本小说，以北平作背景，我不至于害怕，因为我可以拣着我知道的写，而躲开我所不知道的。让我单摆浮搁地讲一套北平，我没办法。北平的地方那么大，事情那么多，我知道的真觉太少了，虽然我生在那里，一直到廿七岁才离开。以名胜说，我没到过陶然亭，这多可笑！以此类推，我所知道的那点只是“我的北平”，而我的北平大概等于牛的一毛。

可是，我真爱北平。这个爱几乎是要说而说不出的。我爱我的母亲。怎样爱？我说不出。在我想做一件事讨她老人家喜欢的时候，我独自微微地笑着；在我想到她的健康而不放心的时候，我欲落泪。言语是不够表现我的心情的，只有独自微笑或落泪才足以把内心揭露在外面一些来。我之爱北平也近乎这个。夸奖这个古城的某一点是容易的，可是这就把北平看得太小了。我所爱的北平不是枝枝节节的一些什么，而是整个儿与我的心灵相黏合的一段历史，一大块地方，多少风景名胜，从雨后什刹海的蜻蜓一直到我梦里的玉泉山的塔影，都积凑到一块，每一小的事件中有个我，我的每一思念中有个北平，这只有说不出而已。

真愿成为诗人，把一切好听好看的字都浸在自己的心血里，像杜鹃似的啼出北平的俊伟。啊！我不是诗人！我将永远道不出我的爱，一种像由音乐与图画所引起的爱。这不但是辜负了北平，也对不住我自己，因为我的最初的知识与印象都得自北平，它是在我的血里，我的性格与脾气里有许多地方是这古城所赐给的。我不能爱上海与天津，因为我心中有个北平。可是我说不出来！

伦敦，巴黎，罗马与堪司坦丁堡[①]，曾被称为欧洲的四大“历史的都城”。我知道一些伦敦的情形；巴黎与罗马只是到过而已；堪司坦丁堡根本没有去过。就伦敦，巴黎，罗马来说，巴黎更近似北平——虽然“近似”两字要拉扯得很远——不过，假使让我“家住巴黎”，我一定会和没有家一样地感到寂苦。巴黎，据我看，还太热闹。自然，那里也有空旷静寂的地方，可是又未免太旷；不像北平那样既复杂而又有个边际，使我能摸着——那长着红酸枣的老城墙！面向着积水潭，背后是城墙，坐在石上看水中的小蝌蚪或苇叶上的嫩蜻蜓，我可以快乐地坐一天，心中完全安适，无所求也无可怕，像小儿安睡在摇篮里。是的，北平也有热闹的地方，但是它和太极拳相似，动中有静。巴黎有许多地方使人疲乏，所以咖啡与酒是必要的，以便刺激；在北平，有温和的香片茶就够了。

论说巴黎的布置已比伦敦、罗马匀调得多了，可是比上北平还差点事儿。北平在人为之中显出自然，几乎是什么地方既不挤得慌，又不太僻静：最小的胡同里的房子也有院子与树；最空旷的地方也离买卖街与住宅区不远。这种分配法可以算——在我的经验中——天下第一了。北平的好处不在处处设备得完全，而在它处处有空儿，可以使人自由地喘气；不在有好些美丽的建筑，而在建筑的四围都有空闲的地方，使它们成为美景。每一个城楼，每一个牌楼，都可以从老远就看见。况且在街上还可以看见北山与西山呢！

好学的，爱古物的，人们自然喜欢北平，因为这里书多古物多。我不好学，也没钱买古物。对于物质上，我却喜爱北平的花多菜多果子多。

---

① 现译“君士坦丁堡”，伊斯坦布尔旧称。

花草是费钱的玩意儿，可是此地的“草花儿”很便宜，而且家家有院子，可以花不多的钱而种一院子花，即使算不了什么，可是到底可爱呀。墙上的牵牛，墙根的靠山竹与草茉莉，是多么省钱省事而也足以招来蝴蝶呀！至于青菜、白菜、扁豆、毛豆角、黄瓜、菠菜等等，大多数是直接由城外担来而送到家门口的。雨后，韭菜叶上还往往带着雨时溅起的泥点。青菜摊子上的红红绿绿几乎有诗似的美丽。果子有不少是由西山与北山来的，西山的沙果、海棠，北山的黑枣、柿子，进了城还带着一层白霜儿呀！哼，美国的橘子包着纸；遇到北平的带霜儿的玉李，还不愧杀！

是的，北平是个都城，而能有好多自己产生的花、菜、水果，这就使人更接近了自然。从它里面说，它没有像伦敦的那些成天冒烟的工厂；从外面说，它紧连着园林，菜圃与农村。采菊东篱下，在这里，确是可以悠然见南山的；大概把“南”字变个“西”或“北”，也没有多少了不得的吧。像我这样的一个贫寒的人，或者只有在北平能享受一点清福了。

好，不再说了吧；要落泪了，真想念北平呀！

可爱的成都

到成都来，这是第四次。第一次是在四年前，住了五六天，参观全城的大概。第二次是在三年前，我随同西北慰劳团北征，路过此处，故仅留二日。第三次是慰劳归来，过此小住，留四日，见到不少的老朋友。这次——第四次——是受冯焕璋先生之约，去游灌县与青城山，由上山下来，顺便在成都玩几天。

成都是个可爱的地方。对于我，它特别地可爱，因为：

（一）我是北平人，而成都有许多与北平相似之处，稍稍使我减去些乡思。到抗战胜利后，我想，我总会再来一次，多住些时候，写一部以成都为背景的小说。在我的心中，此地方好像也都很像人似的，有个性格。我不喜上海，因为我抓不住它的性格，说不清它到底是怎么一回事。我不能与我所不明白的人交朋友，也不能描写我所不明白的地方。对成都，真的，我知道的事情太少了；但是，我相信会借它的光儿写出一点东西来。我似乎已看到了它的灵魂，因为它与北平相似。

（二）我有许多老友在成都。有朋友的地方就是好地方。这诚然是个人的偏见，可是恐怕谁也免不了这样去想吧。况且成都的本身已经是可爱的呢。八年前，我曾在齐鲁大学教过书。“七七”抗战后，我又由青岛移回济南，仍住齐大。我由济南流亡出来，我的妻小还留在齐大，住了一年多。齐大在济南的校舍现在已被敌人完全占据，我的与朋友们的一切书籍器物已被劫一空，那么，今天又能在成都会见共患难的老友，是何等的快乐呢！衣物，器具，书籍，丢失了，有什么关系！我们还有命，还能各守岗位地去忍苦抗敌，这就值得共进一杯酒了！抗战前，我在山东大学也教过书。这次，在华西坝，无意中地也遇到几位山大的老友，“惊喜欲狂”一点也不是过火的形容。一个人的生命，我以为，是一半儿活在朋友中的。假若这句话没有什么错误，我便不能不“因人及地”地喜爱成都了。啊，这里还有几十位文艺界的友人呢！与我的年纪差不多的，如郭子杰、叶圣陶、陈翔鹤诸先生，握手的时节，不知为何，不由得就彼此先看看头发——都有不少根白的了，比我年纪轻一点的呢，虽然头发不露痕迹，可是也都显着消瘦，霜鬓瘦脸本是应该引起悲愁的事，但是，为了抗战而受苦，为了气节而不肯折腰，瘦弱衰老不是很自然的结果吗？这真是悲喜俱来，另有一番滋味了！

（三）我爱成都，因为它有手有口。先说手，我不爱古玩，第一因为不懂，第二因为没有钱。我不爱洋玩意儿，第一因为它们洋气十足，第二因为没有美金。虽不爱古玩与洋东西，但是我喜爱现代的手造的相当美好的小东西。假若我们今天还能制造一些美好的物件，便是表示了我们民族的爱美性与创造力仍然存在，并不逊于古人。中华民族在雕刻、图画、建筑、制铜、造瓷……上都有特殊的天才。这种天才在造几张纸，制两块墨砚，打一张桌子，漆一两个小盒上都随时地表现出来。美的心灵使他们的手巧。我们不应随便丢失了这颗心。因此，我爱现代的手造的美好的东西。北平有许多这样的好东西，如地毯，珐琅，玩具……但是北平还没有成都这样多。成都还存着我们民族的巧手。我绝对不是反对机械，而只是说，我们在大的工业上必须采取西洋方法，在小工业上则须保存我们的手。谁知道这二者有无调谐的可能呢？不过，我想，人类文化的明日，恐怕不是家家造大炮，户户有坦克车，而是要以真理代替武力，以善美代替横暴。果然如此，我们便应想一想是否该把我们的心灵也机械化了吧？次说口：成都人多数健谈。文化高的地方都如此，因为“有”话可讲。但是，这且不在话下。

这次，我听到了川剧、扬琴与竹琴。川剧的复杂与细腻，在重庆时我已领略了一点。到成都，我才听到真好的川剧。很佩服贾佩之、萧楷成、周企何诸先生的口。我的耳朵不十分笨，连昆曲——听过几次之后——都能哼出一句半句来。可是，已经听过许多次川剧，我依然一句也哼不出。它太复杂，在牌子上，在音域上，恐怕它比任何中国的歌剧都复杂得好多。我希望能用心地去学几句。假若我能哼上几句川剧来，我想，大概就可以不怕学不会任何别的歌唱了。竹琴本很简单，但在贾树三的口中，它变成极难唱的东西。他不轻易放过一个字去，他用气控制着情，他用“抑”逼出“放”，他由细嗓转到粗嗓而没有痕迹。我希望成都的口，也和它的手一样，能保存下去。我们不应拒绝新的音乐，可也不应把旧的扫灭。恐怕新旧相通，才能产出新的而又是民族的东西来吧。

还有许多话要说，但是很怕越说越没有道理，前边所说的那一点恐怕已经是糊涂话啊！且就这机会谢谢侯宝璋先生给我在他的客室里安了行军床，吴先忧先生领我去看戏与扬琴，“文协”分会会员的招待，与朋友们的赏酒饭吃！

青岛与我

这是头一次在青岛过夏。一点不吹，咱算是开了眼。可是，只能说开眼；没有别的好处。就拿海水浴说吧，咱在海边上亲眼看见了洋光眼子！可是咱自家不敢露一手儿。大概您总可以想象得到：一个比长虫——就是蛇呀——还瘦的人儿，穿上上不着天，下不着地的浴衣，脖子上套着太平圈，浑身上下骨骼分明，端立海岸之上，这是不是故意地气人？即使大家不动气，咱也不敢往水里跳呀；脖子上套着皮圈，而只在沙土上"憧憬"，泄气本无不可，可也不能泄得出奇。咱只能穿着夏布大衫，远远地瞧着；偶尔遇上个异教卫道的人，相对微笑点首，叹风化之不良；其实他也跟我一样，不敢下水。海水浴没了咱的事。

白天上海岸，晚上呢自然得上跳舞场。青岛到夏天，的确是热闹：白舞女，黄舞女，黑舞女，都光着脚，脚指甲上涂得通红晶亮，鞋只是两根襻儿和两个高底。衣服，帽子，花样之多简直说不尽。按说咱既不敢下海，晚上似乎该去跳了，出点汗，活动活动。咱又没这个造化。第一，晚上一过九点就想睡；到舞场买票睡觉，似乎大可不必。第二呢，跳倒可以敷衍着跳一气，不过人家不踩咱的脚趾，而咱只踩人家的，虽说有独到之处，到底怪难为情。莫若早早地睡吧，不招灾，不惹祸。况且这么规规矩矩，也足引起太太的敬意，她甚至想登报颂扬我的"仁政"，可是被我拦住了，我向来是不好虚荣的。

既不去赶热闹，似乎就该在家中找些乐事；唱戏，打牌，安无线广播机等等都是青岛时行的玩意儿。以唱戏说，不但早晨在家中吊嗓子的很多，此地还有许多剧社，锣鼓俱全，角色齐备，倒怪有个意思。我应当加入剧社，我小时候还听过谭鑫培呢，当然有唱戏的资格。找了介绍人，交了会费，头一天我就露了一出《武家坡》。我觉得唱得不错，第二天早早就去了，再想露一出拿手的。等了足有两点钟吧。一个人也没来，社员们太不热心呀，我想。第三天我又去了，还是没人，这未免有点奇怪。坐了十来分钟我就出去了，在门口遇见了个小孩。“小孩，”我很和气地说，“这儿怎样老没人？”小孩原来是看守票房李六的儿子，知道不少事儿。“这两天没人来，因为呀，”小孩笑着看了我一眼，“前天有一位先生唱得像鸭子叫唤，所以他们都不来啦；前天您来了吗？”我摇了摇头，一声没吭就回了家。回到家里，我一咂摸滋味，心里可真有点不得劲儿。可是继而一想呢，票友们多半是有习气的，也许我唱得本来很好，而他们“欺生”。这么一想，我就决定在家里独唱，不必再出去怄闲气。唱，我一个人可就唱开了，“文武代打”，好不过瘾！唱到第三天，房东来了，很客气地请我搬家，房东临走，向敝太太低声说了句：“假若先生不唱呢，那就不必移动了，大家都是朋友！”太太自然怕搬家，先生自然怕太太，我首先声明我很讨厌唱戏。

我刚要去买播音机，邻居郑家已经安好，我心中不大好过。在青岛，什么事走迟了一步，风头就被别人出尽；我不必再花钱了，既然已叫郑家抢了先。再说呢，他们播放，我听得很真，何必一定打对仗呢。我决定等着听便宜的。郑家的机器真不坏，据说花了八百多块。每到早十点，他们必转弄那个玩意儿。最初是像火车挂钩，嘎！哗啦，哗啦！哗啦了半天，好似怕人讨厌它太单调，忽然改了腔儿，细声细气的，像老牛害病时那样呻吟。猛古丁地又改了办法，啪啪，喔——喔，越来越尖，咯喳！我以为是院中的柳树被风刮折了一棵！这是前奏曲。一切静寂，有五分钟的样子，忽然兜着我的耳根子：“南京！”也就是我呀，修养差一点的，管保得惊疯！吃了一丸子定神丸，我到底要听听南京怎样了。呕，原来南京的底下是——“王小姐唱《毛毛雨》”。这个《毛毛雨》可与众不同：第一声很足壮，第二声忽然像被风刮了走，第三声又改了火车挂钩，然后紧跟着刮风，下雨，打雷，空军袭击城市，海啸；《毛毛雨》当然听不到了。闹了一大阵，兜着我的耳根子——“北平！”我堵上了耳朵。早晨如是，下午如是，夜间如是；这回该我找房东去了。我搬了家。

还就是打个小牌，大概可以不招灾惹祸，可是我没有忍力。叫我打一圈吗，还可以；一坐下就八圈，我受不了。况且十几张牌，咱得把它们摆成五行，连这么办还有时把该留着的打出去。在我，这是消遣，慢慢地调动，考虑，点头，迟疑，原无不可；可是别人受得了吗？莫若多一事不如少一事，不必招人讨厌。

您说青岛这个地方，除了这些玩耍，还有什么可干的？干脆地说吧，我简直和青岛不发生关系，虽然是住在这里。有钱的人来青岛，好。上青岛来结婚，妙。爱玩的人来青岛，行。对于我，它是片美丽的沙漠。

对，有一件事我做还合适，而且很时行。娶个姨太太。是的，我得娶个姨太太。又体面，又好玩。对，就这么办啦。我先别和太太商量，而暗中储蓄俩钱儿。等到娶了姨太太之后，也许我便唱得比鸭子好听，打牌也有了忍力……您等我的喜信吧！

青岛与山大

北中国的景物是由大漠的风与黄河的水得到色彩与情调：荒、燥、寒、旷、灰黄，在这以尘沙为雾，以风暴为潮的北国里，青岛是颗绿珠，好似偶然地放在那黄色地图的边儿上。在这里，可以遇见真的雾，轻轻地在花林中流转，愁人的雾笛仿佛像一种特有的鹃声。在这里，北方的狂风还可以袭入，激起的却是浪花；南风一到，就要下些小雨了。在这里，春来得很迟，别处已是端阳，这里刚好成为锦绣的乐园，到处都是春花。这里的夏天根本用不着说，因为青岛与避暑永远是相连的。其实呢，秋天更好：有北方的晴爽，而不显着干燥，因为北方的天气在这里被海给软化了；同时，海上的湿气又被凉风吹散，结果是天与海一样的蓝，湿与燥都不走极端；虽然大雁还是按时候向南飞，可是此地到菊花时节依然是很暖和的。在海边的微风里，看高远深碧的天上飞着雁子，真能使人暂时忘了一切，即使欲有所思，大概也只有赞美青岛吧。冬天可实在不能令人满意，有相当地冷，也有不小的风。但是，这里的房屋不像北平的那样以纸糊窗，街道上也没有尘土，于是冷与风的厉害就减少了一些。再说呢，夏季的青岛是中外有钱有闲的人们的娱乐场所，因为他们与她们都是来享福取乐，所以不惜把壮丽的山海弄成烟酒香粉的世界。到了冬天，他们与她们都另寻出路，把山海自然之美交给我们久住青岛的人。雪天，我们可以到栈桥去望那美若白莲的远岛；风天，我们可以在夜里听着寒浪的击荡。就是不风不雪，街上的行人也不甚多，到处呈现着严肃的气象，我们也可以吐一口气，说：这是山海的真面目。

一个大学或者正像一个人，它的特色总多少与它所在的地方有些关系。山大虽然成立了不多年，但是它既在青岛，就不能不带些青岛味儿。这也就是常常引起人家误解的地方。一般地说，人们大概常会这样想：山大立在青岛恐怕不大合适吧？舞场、咖啡馆、电影院、浴场……在花花世界里能安心读书吗？这种因爱护而担忧的猜想，正是我们所愿解答的。在前面，我们叙述了青岛的四时：青岛之有夏，正如青岛之有冬；可是一般人似乎只知其夏，不知其冬，猜测多半由此而来。说真的，山大所表现的精神是青岛的冬。是呀，青岛忙的时候也是山大忙的时候，学会咧，参观团咧，讲习会咧，有时候同时借用山大作会场或宿舍，热忙非常。但这总是在夏天，夏天我们也放假呀。当我们上课的期间，自秋至冬，自冬至初夏，青岛差不多老是静寂的。春山上的野花，秋海上的晴霞，是我们的，避暑的人们大概连想也没想到过。至于冬日寒风恶月里的寂苦，或者也只有我们的读书声与足球场上的欢笑可与相抗；稍微贪点热闹的人恐怕连一个星期也住不下去。我常说，能在青岛住过一冬的，就有修仙的资格。我们的学生在这里一住就是四冬啊！他们不会在毕业时候都成为神仙——大概也没人这样期望他们——可是他们的静肃态度已经养成了。一个没到过山大的人，也许容易想到，青岛既是富有洋味的地方，当然山大的学生也得洋服郎当的，像些华侨子弟似的。根本没有这一回事。山大的校舍是昔年的德国兵营，虽然在改作学校之后，院中铺满短草，道旁也种上了玫瑰，可是它总脱不了营房的严肃气象。学校的后面左面都是小山，挺立着一些青松，我们每天早晨一抬头就看见山石与松林之美，但不是柔媚的那一种。学校里我们设若打扮得怪漂亮的，即使没人多看两眼，也觉得仿佛有些不得劲儿。整个的严肃空气不许我们漂亮，到学校外去，依然用不着修饰。六七月之间，此处固然是万紫千红，士女如云，好一片摩登景象了。可是过了暑期，海边上连个人影也没有；我们大概用不着花花绿绿地去请白鸥与远帆来看吧？因此，山大虽在青岛，而很少洋味儿，制服以外，蓝布大衫是第二制服。就是在六七月最热闹的时候，我们还是如此，因为朴素成了风气，蓝布大衫一穿大有“众人摩登我独古”的气概。

还有呢，不管青岛是怎样西洋化了的都市，它到底是在山东。“山东”二字满可以用作朴俭静肃的象征，所以山大——虽然学生不都是山东人——不但是个北方大学，而且是北方大学中最带“山东”精神的一个。我们常到崂山去玩，可是我们的眼却望着泰山，仿佛是。这个精神使我们朴素，使我们能吃苦，使我们静默。往好里说，我们是有一种强毅的精神；往坏里讲，我们有点乡下气。不过，即使我们真有乡下气，我们也会自傲地说，我们是在这儿矫正那有钱有闲来此避暑的那种奢华与虚浮的摩登，因为我们是一群“山东儿”——虽然是在青岛，而所表现的是青岛之冬。

至于沿海上停着的各国军舰，我们看见得最多，此地的经济权在谁何之手，我们知道得最清楚；这些——还有许多别的呢——时时刻刻刺激着我们，警告着我们，我们的外表朴素，我们的生活单纯，我们却有颗红热的心。我们眼前的青山碧海时时对我们说：国破山河在！于此，青岛与山大就有了很大的意义。

春　风

济南与青岛是多么不相同的地方呢！一个设若比作穿肥袖马褂的老先生，那一个便应当是摩登的少女。可是这两处不无相似之点。拿气候说吧，济南的夏天可以热死人，而青岛是有名的避暑所在；冬天，济南也比青岛冷。但是，两地的春秋颇有点相同。济南到春天多风，青岛也是这样；济南的秋天是长而晴美，青岛亦然。

对于秋天，我不知应爱哪里的：济南的秋是在山上，青岛的是海边。济南是抱在小山里的；到了秋天，小山上的草色在黄绿之间，松是绿的，别的树叶差不多都是红与黄的。就是那没树木的山上，也增多了颜色——日影、草色、石层，三者能配合出种种的条纹，种种的影色。配上那光暖的蓝空，我觉到一种舒适安全，只想在山坡上似睡非睡地躺着，躺到永远。青岛的山——虽然怪秀美——不能与海相抗，秋海的波还是春样的绿，可是被清凉的蓝空给开拓出老远，平日看不见的小岛清楚地点在帆外。这远到天边的绿水使我不愿思想而不得不思想；一种无目的的思虑，要思虑而心中反倒空虚了些。济南的秋给我安全之感，青岛的秋引起我甜美的悲哀。我不知应当爱哪个。

两地的春可都被风给吹毁了。所谓春风，似乎应当温柔，轻吻着柳枝，微微吹皱了水面，偷偷地传送花香，同情地轻轻掀起禽鸟的羽毛。

济南与青岛的春风都太粗猛。济南的风每每在丁香海棠开花的时候把天刮黄，什么也看不见，连花都埋在黄暗中，青岛的风少一些沙土，可是狡猾，在已很暖的时节忽然来一阵或一天的冷风，把一切都送回冬天去，棉衣不敢脱，花儿不敢开，海边翻着愁浪。

两地的风都有时候整天整夜地刮。春夜的微风送来雁叫，使人似乎多些希望。整夜的大风，门响窗户动，使人不英雄地把头埋在被子里；即使无害，也似乎不应该如此。对于我，特别觉得难堪。我生在北方，听惯了风，可也最怕风。听是听惯了，因为听惯才知道那个难受劲儿。它老使我坐卧不安，心中游游摸摸的，干什么不好，不干什么也不好。它常常打断我的希望：听见风响，我懒得出门，觉得寒冷，心中渺茫。春天仿佛应当有生气，应当有花草，这样的野风几乎是不可原谅的！我倒不是个弱不禁风的人，虽然身体不很足壮。我能受苦，只是受不住风。别种的苦处，多少是在一个地方，多少有个原因，多少可以设法减除；对风是干没办法。总不在一个地方，到处随时使我的脑子晃动，像怒海上的船。它使我说不出为什么苦痛，而且没法子避免。它自由地刮，我死受着苦。我不能和风去讲理或吵架。单单在春天刮这样的风！可是跟谁讲理去呢？苏杭的春天应当没有这不得人心的风吧？我不准知道，而希望如此。好有个地方去“避风”呀！

济南的秋天

济南的秋天是诗境的。设若你的幻想中有个中古的老城，有睡着了的大城楼，有狭窄的古石路，有宽厚的石城墙，环城流着一道清溪，倒映着山影，岸上蹲着红袍绿裤的小妞儿。你的幻想中要是这么个境界，那便是济南。设若你幻想不出——许多人是不会幻想的——请到济南来看看吧。

请你在秋天来。那城，那河，那古路，那山影，是终年给你预备着的。可是，加上济南的秋色，济南由古朴的画境转入静美的诗境中了。这个诗意的秋光秋色是济南独有的。上帝把夏天的艺术赐给瑞士，把春天的赐给西湖，秋和冬的全赐给了济南。秋和冬是不好分开的，秋睡熟了一点便是冬，上帝不愿意把它忽然唤醒，所以作个整人情，连秋带冬全给了济南。

诗的境界中必须有山有水。那么，请看济南吧。那颜色不同，方向不同，高矮不同的山，在秋色中便越发的不同了。以颜色说吧，山腰中的松树是青黑的，加上秋阳的斜射，那片青黑便多出些比灰色深，比黑色浅的颜色，把旁边的黄草盖成一层灰中透黄的阴影。山脚是镶着各色条子的，一层层的，有的黄，有的灰，有的绿，有的似乎是藕荷色儿。山顶上的色儿也随着太阳的转移而不同。山顶的颜色不同还不重要，山腰中的颜色不同才真叫人想作几句诗。山腰中的颜色是永远在那儿变动，特别是在秋天，那阳光能够忽然清凉一会儿，忽然又温暖一会儿，这个变动并不激烈，可是山上的颜色觉得出这个变化，而立刻随着变换。忽然黄色更真了一些，忽然又暗了一些，忽然像有层看不见的薄雾在那儿流动，忽然像有股细风替“自然”调和着彩色，轻轻地抹上一层各色俱全而全是淡美的色道儿。有这样的山，再配上那蓝的天，晴暖的阳光；蓝得像要由蓝变绿了，可又没完全绿了；晴暖得要发燥了，可是有点凉风，正和诗一样的温柔；这便是济南的秋。况且因为颜色的不同，那山的高低也更显然了。高的更高了些，低的更低了些，山的棱角曲线在晴空中更真了，更分明了，更瘦硬了。看山顶上那个塔！

再看水。以量说，以质说，以形式说，哪儿的水能比济南？有泉——到处是泉——有河，有湖，这是由形式上分。不管是泉是河是湖，全是那么清，全是那么甜，哎呀，济南是“自然”的 sweet heart（恋人）吧？大明湖夏日的莲花，城河的绿柳，自然是美好的了。可是看水，是要看秋水的。济南有秋山，又有秋水，这个秋才算个秋，因为秋神是在济南住家的。先不用说别的，只说水中的绿藻吧。那份儿绿色，除了上帝心中的绿色，恐怕没有别的东西能比拟的。这种鲜绿全借着水的清澄显露出来，好像美人借着镜子鉴赏自己的美。是的，这些绿藻是自己享受那水的甜美呢，不是为谁看的。它们知道它们那点绿的心事，它们终年在那儿吻着水皮，做着绿色的香梦。淘气的鸭子，用黄金的脚掌碰它们一两下。浣女的影儿，吻它们的绿叶一两下。只有这个，是它们的香甜的烦恼。羡慕死诗人呀！

在秋天，水和蓝天一样的清凉。天上微微有些白云，水上微微有些波皱。天水之间，全是清明，温暖的空气，带着一点桂花的香味。山影儿也更真了。秋山秋水虚幻地吻着。山儿不动，水儿微响。那中古的老城，带着这片秋色秋声，是济南，是诗。要知济南的冬日如何，且听下回分解。

济南的冬天

上次说了济南的秋天，这回该说冬天。

对于一个在北平住惯的人，像我，冬天要是不刮大风，便是奇迹；济南的冬天是没有风声的。对于一个刚由伦敦回来的，像我，冬天要能看得见日光，便是怪事；济南的冬天是响晴的。自然，在热带的地方，日光是永远那么毒，响亮的天气反有点叫人害怕。可是，在北中国的冬天，而能有温晴的天气，济南真得算个宝地。

设若单单是有阳光，那也算不了出奇。请闭上眼想：一个老城，有山有水，全在蓝天下很暖和安适地睡着；只等春风来把他们唤醒，这是不是个理想的境界？

小山整把济南围了个圈儿，只有北边缺着点口儿，这一圈小山在冬天特别可爱，好像是把济南放在一个小摇篮里，它们全安静不动地低声地说：你们放心吧，这儿准保暖和。真的，济南的人们在冬天是面上含笑的。他们一看那些小山，心中便觉得有了着落，有了依靠。他们由天上看到山上，便不觉地想起：明天也许就是春天了吧？这样的温暖，今天夜里山草也许就绿起来吧？就是这点幻想不能一时实现，他们也并不着急，因为有这样慈善的冬天，干啥还希望别的呢。

最妙的是下点小雪呀。看吧，山上的矮松越发的青黑，树尖上顶着一髻儿白花，像些小日本看护妇。山尖全白了，给蓝天镶上一道银边。山坡上有的地方雪厚点，有的地方草色还露着，这样，一道儿白，一道儿暗黄，给山们穿上一件带水纹的花衣；看着看着，这件花衣好像被风儿吹动，叫你希望看见一点更美的山的肌肤。等到快日落的时候，微黄的阳光斜射在山腰上，那点薄雪好像忽然害了羞，微微露出点粉色。就是下小雪吧，济南是受不住大雪的，那些小山太秀气。

古老的济南，城内那么狭窄，城外又那么宽敞，山坡上卧着些小村庄，小村庄的房顶上卧着点雪。对，这是张小水墨画，或者是唐代的名手画的吧。

那水呢，不但不结冰，反倒在绿藻上冒着点热气。水藻真绿，把终年贮蓄的绿色全拿出来了。天儿越晴，水藻越绿，就凭这些绿的精神，水也不忍得冻上；况且那长枝的垂柳还要在水里照个影儿呢。看吧，由澄清的河水慢慢往上看吧，空中，半空中，天上，自上而下全是那么清亮，那么蓝汪汪的，整个的是块空灵的蓝水晶。这块水晶里，包着红屋顶，黄草山，像地毯上的小团花的小灰色树影；这就是冬天的济南。

树虽然没有叶儿，鸟儿可并不偷懒，看在日光下张着翅叫的百灵们。山东人是百灵鸟的崇拜者，济南是百灵的国。家家处处听得到它们的歌唱；自然，小黄鸟儿也不少，而且在百灵国内也很努力地唱。还有山喜鹊呢，成群的在树上啼，扯着浅蓝的尾巴飞。树上虽没有叶，有这些羽翎装饰着，也倒有点像西洋美女。坐在河岸上，看着它们在空中飞，听着溪水活活地流，要睡了，这是有催眠力的；不信你就试试；睡吧，绝冻不着你。

要知后事如何，我自己也不知道。

大明湖之春

北方的春本来就不长，还往往被狂风给七手八脚地刮了走。济南的桃李丁香与海棠什么的，差不多年年被黄风吹得一干二净，天昏地暗，落花与黄沙卷在一处，再睁眼时，春已过去了！记得有一回，正是丁香乍开的时候，也就是下午两三点钟吧，屋中就非点灯不可了；风是一阵比一阵大，天色由灰而黄，而深黄，而黑黄，而漆黑，黑得可怕。第二天去看院中的两株紫丁香，花已像煮过一回，嫩叶几乎全破了！济南的秋冬，风倒很少，大概都留在春天刮呢。

有这样的风在这儿等着，济南简直可以说没有春天；那么，大明湖之春更无从说起。

济南的三大名胜，名字都起得好：千佛山，趵突泉，大明湖，都多么响亮好听！一听到“大明湖”这三个字，便联想到春光明媚和湖光山色等等，而心中浮现出一幅美景来。事实上，可是，它既不大，又不明，也不湖。

湖中现在已不是一片清水，而是用坝划开的多少块“地”。“地”外留着几条沟，游艇沿沟而走，即是逛湖。水田不需要多么深的水，所以水黑而不清；也不要急流，所以水定而无波。东一块莲，西一块蒲，土坝挡住了水，蒲苇又遮住了莲，一望无景，只见高高低低的“庄稼”。

艇行沟内，如穿高粱地然，热气腾腾，碰巧了还臭气烘烘。夏天总算还好，假若水不太臭，多少总能闻到一些荷香，而且必能看到些绿叶儿。春天，则下有黑汤，旁有破烂的土坝；风又那么野，绿柳新蒲东倒西歪，恰似挣命。所以，它既不大，又不明，也不湖。

话虽如此，这个湖到底得算个名胜。湖之不大与不明，都因为湖已不湖。假若能把“地”都收回，拆开土坝，挖深了湖身，它当然可以马上既大且明起来：湖面原本不小，而济南又有的是清凉的泉水呀。这个，也许一时做不到。不过，即使做不到这一步，就现状而言，它还应当算作名胜。北方的城市，要找有这么一片水的，真是好不容易了。千佛山满可以不算数儿，配作个名胜与否简直没多大关系。因为山在北方不是什么难找的东西呀。水，可太难找了。济南城内据说有七十二泉，城外有河，可是还非有个湖不可。泉，池，河，湖，四者俱备，这才显出济南的特色与可贵。它是北方唯一的“水城”，这个湖是少不得的。设若我们游湖时，只见沟而不见湖，请到高处去看看吧，比如在千佛山上往北眺望，则见城北灰绿的一片——大明湖；城外，华鹊二山夹着弯弯的一道灰亮光儿——黄河。这才明白了济南的不凡，不但有水，而且是这样多呀。

况且，湖景若无可观，湖中的出产可是很名贵呀。懂得什么叫作美的人或者不如懂得什么好吃的人多吧，游过苏州的往往只记得此地的点心，逛过西湖的提起来便念叨那里的龙井茶，藕粉与莼菜什么的，吃到肚子里的也许比一过眼的美景更容易记住，那么大明湖的蒲菜，茭白，白花藕，还真许是它驰名天下的重要原因呢。不论怎么说吧，这些东西既都是水产，多少总带着些南国风味；在夏天，青菜挑子上带着一束束的大白莲花蓇葖出卖，在北方大概只有济南能这么“阔气”。

我写过一本小说——《大明湖》——在“一·二八”与商务印书馆一同被火烧掉了。记得我描写过一段大明湖的秋景，词句全想不起来了，只记得是什么什么秋。桑子中先生给我画过一张油画，也画的是大明湖之秋，现在还在我的屋中挂着。我写的，他画的，都是大明湖，而且都是大明湖之秋，这里大概有点意思。对了，只是在秋天，大明湖才有些美呀。济南的四季，唯有秋天最好，晴暖无风，处处明朗。这时候，请到城墙上走走，俯视秋湖，败柳残荷，水平如镜；唯其是秋色，所以连那些残破的土坝也似乎正与一切景物配合：土坝上偶尔有一两截断藕，或一些黄叶的野蔓，配着三五枝芦花，确是有些画意。“庄稼”已都收了，湖显着大了许多，大了当然也就显着明。不仅是湖宽水净，显着明美，抬头向南看，半黄的千佛山就在面前，开元寺那边的“橛子”——大概是个塔吧——静静地立在山头上。往北看，城外的河水很清，菜畦中还生着短短的绿叶。往南往北，往东往西，看吧，处处空阔明朗，有山有湖，有城有河，到这时候，我们真得到个“明”字了。

桑先生那张画便是在北城墙上画的，湖边只有几株秋柳，湖中只有一只游艇，水作灰蓝色，柳叶儿半黄。湖外，他画上了千佛山；湖光山色，连成一幅秋图，明朗，素净，柳梢上似乎吹着点不大能觉出来的微风。

对不起，题目是大明湖之春，我却说了大明湖之秋，可谁教亢德先生出错了题呢！

趵突泉的欣赏

千佛山、大明湖和趵突泉，是济南的三大名胜。现在单讲趵突泉。

在西门外的桥上，便看见一溪活水，清浅，鲜洁，由南向北地流着。这就是由趵突泉流出来的。设若没有这泉，济南定会丢失了一半的美。但是泉的所在地并不是我们理想中的一个美景。这又是个中国人的征服自然的办法，那就是说，凡是自然的恩赐交到中国人手里就会把它弄得丑陋不堪。这块地方已经成了个市场。南门外是一片喊声，几阵臭气，从卖大碗面条与肉包子的棚子里出来。

进了门有个小院，差不多是四方的。这里，“一毛钱四块！”和“两毛钱一双！”的喊声，与外面的“吃来”连成一片。一座假山，奇丑；穿过山洞，接连不断的棚子与地摊，东洋布，东洋磁，东洋玩具，东洋……加劲地表示着中国人怎样热烈的“不”抵制劣货。这里很不易走过去，乡下人一群跟着一群地来提倡日货，把路塞住。他们没有例外地全张着嘴，葱味四射。没有例外地全买一件东西还三次价，走开又回来摸索四五次。小脚妇女更了不得，你往左躲，她往左扭；你往右躲，她往右扭，反正不许你痛快地过去。

到了泉池，北岸上一座神殿，南西东三面全是唱鼓书的茶棚，唱的多半是梨花大鼓，一声“哟”要拉长几分钟，猛听颇像产科医院的病室。

除了茶棚还是日货摊子——说点别的吧！

泉太好了。泉池差不多见方，三个泉口偏西，北边便是条小溪流向西门去。看那三个大泉，一年四季，昼夜不停，老那么翻滚。你立定呆呆地看三分钟，你便觉出自然的伟大，使你不敢再正眼去看。永远那么纯洁，永远那么活泼，永远那么鲜明，冒，冒，冒，永不疲乏，永不退缩，只是自然有这样的力量！冬天更好，泉上起了一片热气，白而轻软，在深绿的长草藻上飘荡着，使你不由得想起一种似乎神秘的境界。

池边还有小泉呢：有的像大鱼吐水，极轻快地上来一串水泡；有的像一串明珠，走到中途又歪下去，真像一串珍珠在水里斜放着；有的半天才上来一个水泡，大，扁一点，慢慢地，有姿态的，摇动上来；碎了；看，又来了一个！有的好几串小碎珠一齐挤上来，像一朵攒整齐的珠花，雪白。有的……这比那大泉还更有味。

新近为增加河水的水量，又下了六根铁管，做成六个泉眼，水流得也很旺，但是我还是爱那原来的三个。

看完了泉，再往北走，经过一些货摊，便出了北门。

前年冬天一把大火把泉池南边的棚子都烧了。有机会改造了！造成一个公园，各处安着喷水管！东边做个游泳池！有许多人这样的盼望。可是，席棚又搭好了，渐次改成了木板棚；乡下人只知道趵突泉，把摊子移到"商场"去（就离趵突泉几步）买卖就受损失了；于是"商场"四大皆空，还叫趵突泉作日货销售场；也许有道理。

滇行短记

一

总没学会写游记。这次到昆明住了两个半月，依然没学会写游记，最好还是不写。但友人嘱寄短文，并以“滇游”为题。友情难违；就想起什么写什么。另创一格，则吾岂敢，聊以塞责，颇近似之，惭愧得紧！

二

八月二十六日早七时半抵昆明。同行的是罗莘田先生。他是我的幼时同学，现在已成为国内有数的音韵学家。老朋友在久别之后相遇，谈些小时候的事情，都快活得要落泪。

他住昆明青云街靛花巷，所以我也去住在那里。

住在靛花巷的，还有郑毅生先生，汤老先生[1]，袁家骅先生，许宝先生，郁泰然先生。

毅生先生是历史学家，我不敢对他谈历史，只能说些笑话，汤老先生是哲学家，精通佛学，我偷偷地读他的晋魏六朝佛教史，没有看懂，因而也就没敢向他老人家请教。家骅先生在西南联大教授英国文学，一天到晚读书，我不敢多打扰他，只在他泡好了茶的时候，搭讪着进去喝一碗，赶紧告退。他的夫人钱晋华女士常来看我。到吃饭的时候每每是大家一同出去吃价钱最便宜的小馆。宝先生是统计学家，年轻，瘦瘦的，聪明绝顶。我最不会算术，而他成天地画方程式。他在英国留学毕业后，即留校教书，我想，他的方程式必定画得不错！假若他除了统计学，别无所知，我只好闭口无言，全没办法。可是，他还会唱三百多出昆曲。在昆曲上，他是罗莘田先生与钱晋华女士的“老师”。罗先生学昆曲，是要看看制曲与配乐的关系，属于那声的字容或有一定的谱法，虽腔调万变，而不难找出个作谱的原则。钱女士学昆曲，因为她是个音乐家。我本来学过几句昆曲，到这里也想再学一点。可是，不知怎的一天一天地度过去，天天说拍曲，天天一拍也未拍，只好与许先生约定：到抗战胜利后，一同回北平去学，不但学，而且要彩唱！郁先生在许多别的本事而外，还会烹调。当他有工夫的时候，便做一二样小菜，沽四两市酒，请我喝两杯。这样，靛花巷的学者们的生活，并不寂寞。当他们用功的时候，我就老鼠似的藏在一个小角落里读书或打盹；等他们离开书本的时候，我也就跟着“活跃”起来。

此外，在这里还遇到杨今甫、闻一多、沈从文、卞之琳、陈梦家、朱自清、罗膺中、魏建功、章川岛……诸位文坛老将，好像是到了“文艺之家”。关于这些位先生的事，容我以后随时报告。

---

① 汤用彤先生，哲学家、佛学家、教育家、国学大师，著有《汉魏两晋南北朝佛教史》等。

三

靛花巷是条只有两三人家的小巷，又狭又脏。可是，巷名的雅美，令人欲忘其陋。

昆明的街名，多半美雅。金马碧鸡等用不着说了，就是靛花巷附近的玉龙堆，先生坡，也都令人欣喜。

靛花巷的附近还有翠湖，湖没有北平的三海那么大，那么富丽，可是，据我看：比什刹海要好一些。湖中有荷蒲；岸上有竹树，颇清秀。最有特色的是猪耳菌，成片地开着花。此花叶厚，略似猪耳，在北平，我们管它叫作凤眼兰，状其花也；花瓣上有黑点，像眼珠。叶翠绿，厚而有光；花则粉中带蓝，无论在日光下，还是月光下，都明洁秀美。

云南大学与中法大学都在靛花巷左右，所以湖上总有不少青年男女，或读书，或散步，或划船。昆明很静，这里最静；月明之夕，到此，谁仿佛都不愿出声。

四

昆明的建筑最似北平，虽然楼房比北平多，可是墙壁的坚厚，椽柱的雕饰，都似“京派”。

花木则远胜北平。北平讲究种花，但夏天日光过烈，冬天风雪极寒，不易把花养好。昆明终年如春，即使不精心培植，还是到处有花。北平多树，但日久不雨，则叶色如灰，令人不快。昆明的树多且绿，而且树上时有松鼠跳动！入眼浓绿，使人心静，我时时立在楼上远望，老觉得昆明静秀可喜；其实呢，街上的车马并不比别处少。

至于山水，北平也得有愧色，这里，四面是山，滇池五百里——北平的昆明湖才多么一点点呀！山土是红的，草木深绿，绿色盖不住的地方露出几块红来，显出一些什么深厚的力量，教昆明城外到处使人感到一种有力的静美。

四面是山，围着平坝子，从高处看稻田万顷。海田之间，相当宽的河堤有许多道，都有几十里长，满种着树木。万顷稻，中间画着深绿的线，虽然没有怎样了不起的特色，可也不是怎的总看着像画图。

五

在西南联大讲演了四次。

第一次讲演，闻一多先生作主席。他谦虚地说：大学里总是做研究工作，不容易产出活的文学来……我答以：抗战四年来，文艺写家们发现了许多文艺上的问题，诚恳地去讨论。但是，讨论的第二步，必是研究，否则不易得到结果；而写家们忙于写作，很难静静地坐下去做研究；所以，大学里做研究工作，是必要的，是帮着写家们解决问题的。研究并不是崇古鄙今，而是供给新文艺以有益的参考，使新文艺更坚实起来。譬如说：这两年来，大家都讨论民族形式问题，但讨论的多半是何谓民族形式，与民族形式的源泉何在；至于其中的细腻处，则必非匆匆忙忙地所能道出，而须一项一项地细心研究了。五来，罗莘田先生根据一百首北方俗曲，指出民间诗歌用韵的活泼自由及十三辙的发展，成为小册。这小册子虽只谈到了民族形式中的一项问题，但是老老实实详详细细的述说，绝非空论。看了这小册子，至少我们会明白十三辙已有相当长久的历史，和它怎样代替了官样的诗韵；至少我们会看出民间文艺的用韵是何等活动，何等大胆——也就增加了我们写作时的勇气。罗先生是音韵学家，可是他的研究结果就能直接有助于文艺的写作，我愿这样的例子一天比一天多起来。

六

正是雨季，无法出游。讲演后，即随莘田下乡——龙泉村。村在郊北，距城约二十里，北大文科研究所在此。冯芝生、罗膺中、钱端升、王了一、陈梦家诸教授都在村中住家。教授们上课去，须步行二十里。

研究所有十来位研究生，生活至苦，用工极勤。三餐无肉，只炒点“地蛋”丝当作菜。我既佩服他们苦读的精神，又担心他们的健康。莘田患恶性摆子，几位学生终日伺候他，犹存古时敬师之道，实为难得。

莘田病了，我就写剧本。

七

研究所在一个小坡上——村人管它叫“山”。在山上远望，可以看见蟠龙江。快到江外的山坡，一片松林，是黑龙潭。晚上，山坡下的村子都横着一些轻雾；驴马带着铜铃，顺着绿堤，由城内回乡。

冯芝生先生领我去逛黑龙潭，徐旭生先生住在此处。此处有唐梅宋柏；旭老的屋后，两株大桂正开着金黄花。唐梅的干甚粗，但活着的却只有二三细枝——东西老了也并不一定好看。

坐在石凳上，旭老建议：中秋夜，好不好到滇池去看月；包一条小船，带着乐器与酒果，泛海竟夜。商议了半天，毫无结果。（一）船价太贵。（二）走到海边，已须步行二十里，天亮归来，又须走二十里，未免太苦。（三）找不到会玩乐器的朋友。看滇池月，非穷书生所能办到的呀！

八

中秋。莘田与我出了点钱，与研究所的学员们过节。吴晓铃先生掌灶，大家帮忙，居然做了不少可口的菜。饭后，在院中赏月，有人唱昆曲。午间，我同两位同学去垂钓，只钓上一二条寸长的小鱼。

九

莘田病好了一些。我写完了话剧《大地龙蛇》的前二幕。约了膺中、了一和众研究生，来听我朗读。大家都给了些很好的意见，我开始修改。

对文艺，我实在不懂得什么，就是愿意学习，最快活的，就是写得了一些东西，对朋友们朗读，而后听大家的批评。一个人的脑子，无论怎样的缜密，也不能叫作品完全没有漏隙，而旁观者清，不定指出多少窟窿来。

十

从文和之琳约上呈贡——他们住在那里，来校上课须坐火车。莘田病刚好，不能陪我去，只好作罢。我继续写剧本。

十一

岗头村距城八里，也住着不少的联大的教职员。我去过三次，无论由城里去，还是由龙泉村去，路上都很美。走二三里，在河堤的大树下，或在路旁的小茶馆，休息一下，都使人舍不得走开。

村外的小山上，有涌泉寺，和其他的云南的寺院一样，庭中有很大的梅树和桂树。桂树还有一株开着晚花，满院都是香的。庙后有泉，泉水流到寺外，成为小溪；溪上盛开着秋葵和说不上名儿的香花，随便折几枝，就够插瓶的了。我看到一两个小女学生在溪畔端详哪枝最适于插瓶——涌泉寺里是南菁中学。

在南菁中学对学生说了几句话。我告诉他们：各处缠足的女子怎样在修路，抬土，做着抗建的工作。章川岛先生的小女儿下学后，告诉她爸爸："舒伯伯挖苦了我们的脚！"

十二

离龙泉村五六里，为凤鸣山。出上有庙，庙有金殿——一座小殿，全用铜筑。山与庙都没什么好看，倒是遍山青松，十分幽丽。

云南的松柏结果都特别的大。松塔大如菠萝，柏实大如枣。松子几乎代替了瓜子，闲着没事的时候，大家总是买些松子吃着玩，整船的空的松塔运到城中；大概是作燃料用，可是凤鸣山的青松并没有松塔儿，也许是另一种树吧，我叫不上名字来。

十三

在龙泉树，听到了古琴。相当大的一个院子，平房五六间。顺着墙，丛丛绿竹。竹前，老梅两株，瘦硬的枝子伸到窗前。巨杏一株，阴遮半院。绿荫下，一案数椅，彭先生弹琴，查先生吹箫；然后，查先生独奏大琴。

在这里，大家几乎忘了一切人世上的烦恼！

这小村多么污浊呀，路多年没有修过，马粪也数月没有扫除过，可是在这有琴音梅影的院子里，大家的心里却发出了香味。

查阜西先生精于古乐。虽然他与我是新识，却一见如故，他的音乐好，为人也好。他有时候也作点诗——即使不作诗，我也要称他为诗人呵！

与他同院住的是陈梦家先生夫妇，梦家现在正研究甲骨文。他的夫人，会几种外国语言，也长于音乐，正和查先生学习古琴。

十四

在昆明两月，多半住在乡下，简直地没有看见什么。城内与郊外的名胜几乎都没有看到。战时，古寺名山多被占用；我不便为看山访古而去托人情，连最有名的西山，也没有能去。在城内靛花巷住着的时候，每天我必倚着楼窗远望西山，想象着由山上看滇池，应当是怎样的美丽。山上时有云气往来,昆明人说:“有雨无雨看西山。”山峰被云遮住，有雨，峰还外露，虽别处有云，也不至有多大的雨。此语，相当的灵验。西山，只当了我的阴晴表，真面目如何，恐怕这一生也不会知道了；哪容易再得到游昆明的机会呢!

到城外中法大学去讲演了一次，本来可以顺脚去看筇竹寺的五百罗汉塑像。可是，据说也不能随便进去，况且，又落了雨。

连城内的圆通公园也只可游览一半，不过，这一半确乎值得一看。建筑的大方，或较北平的中山公园还好一些；至于石树的幽美，则远胜之，因为中山公园太“平”了。

同查阜西先生逛了一次大观楼。楼在城外湖边，建筑无可观，可是水很美。出城，坐小木船。在稻田中间留出来的水道上慢慢地走。稻穗黄，芦花已白，田坝旁边偶尔还有几穗凤眼兰。远处，万顷碧波，缓动着风帆——到昆阳去的水路。

大观楼在公园内，但美的地方却不在园内，而在园外。园外是滇池，一望无际。湖的气魄，比西湖与颐和园的昆明池都大得多了。在城市附近，有这么一片水，真使人狂喜。湖上可以划船，还有鲜鱼吃。我们没有买舟，也没有吃鱼，只在湖边坐了一会儿看水。天上白云，远处青山，眼前是一湖秋水，使人连诗也懒得作了。作诗要去思索，可是美景把人心融化在山水风花里，像感觉到一点什么，又好像茫然无所知，恐怕坐湖边的时候就有这种欣悦吧？在此际还要寻词觅字去作诗，也许稍微笨了一点。

十五

剧本写完，今年是我个人的倒霉年，春初即患头晕，一直到夏季，几乎连一个字也没有写。没想到，在昆明两月，倒能写成这一点东西——好坏是另一问题，能动笔总是件可喜的事。

十六

剧本既已写成，就要离开昆明，多看一些地方。从文与之琳约上呈贡，因为莘田病初好，不敢走路，没有领我去，只好延期。我很想去，一来是听说那里风景很好，二来是要看看之琳写的长篇小说！——已经写了十几万字，还在继续地写。

十七

查阜西先生愿陪我去游大理。联大的友人们虽已在昆明二三年，还很少有到过大理的。大家都盼望我俩的计划能实现。于是我们就分头去接洽车子。

有几家商车都答应了给我们座位，我们反倒难于决定坐哪一家的了。最后，决定坐吴晓铃先生介绍的车，因为一行四部卡车，其中的一位司机是他的弟弟。兄弟俩一定教我们坐那部车，而且先请我们吃了饭，吃饭的时候，我笑着说："这回，司机可教黄鱼给吃了！"

十八

一上了滇缅公路，便感到战争的紧张；在那静静的昆明城里，除了有空袭的时候，仿佛并没有什么战争与患难的存在。在我所走过的公路中，要算滇缅公路最忙了，车，车，车，来的，去的，走着的，停着的，大的，小的，到处都是车！我们所坐的车子是商车，这种车子可以搭一两个客，客人按公路交通车车价十分之二买票。短途搭脚的客人，只乘三五十里，不经过检查站，便无须打票，而作黄鱼；这是司机车的一笔"外找"。官车有押车的人，黄鱼不易上去；这批买卖多半归商车做。商车的司机薪水既高，公物安全地到达，还有奖金；薪水与奖金凑起来，已近千元，此外且有外找，差不多一月可以拿到两三千元。因为入款多，所以他们开车极仔细可靠。同时，他们也敢享受。公家车子的司机待遇没有这么高；而到处物价都以商车司机的阔气为标准，所以他们开车便理直气壮。据说，不久的将来，沿途都要为司机们设立招待所，以低廉的取价，供给他们相当舒适的食宿，使他们能饱食安眠，得到一些安慰。我希望这计划能早早实现！

第一天，到晚八时余，我们才走了六十三公里！我们这四部车没有押车的，因为押车的既没法约束司机，跟来是自讨无趣，而且时时耽误了工夫——一与司机冲突，则车不能动——一到时候交不上货去。押车员的地位，被司机的班长代替了，而这位班长绝对没有办事的能力。已走出二十公里，他忘记了交货证；回城去取。又走了数里，他才想起，没有带来机油，再回去取来！商车，假若车主不是司机出身，只有赔钱！

六十三公里的地方，有一家小饭馆，一位广东老人，不会说云南话，也不会说任何异于广东话的言语，做着生意。我很替他着急，他却从从容容地把生意做了；广东人的精神！

没有旅馆，我们住在一家人家里。房子很大，院中极脏。又赶上落了一阵雨，到处是烂泥，不幸而滑倒，也许跌到粪堆里去。

十九

第二天一早动身，过羊老哨，开始领略出滇缅路的艰险。司机介绍，从此到下关，最险的是圾山坡和天子庙，一上一下都有二十多公里。不过，这样远都是小坡，真正危险的地方还须过下关才能看到；有的地方，一上要一整天，一下又要一整天！

山高弯急，比川陕与西兰公路都更险恶。说到这里，也就难怪司机们要享受一点了，这是玩命的事啊！我们的司机，真谨慎：见迎面来车，马上停住让路；听后面有响声，又立刻停住让路；虽然他开车的技巧很好，可是一点也不敢大意。遇到大坡，车子一步一哼，不肯上去，他探着身（他的身量不高），连眼皮似乎都不敢眨一眨。我看得出来，到下午三四点钟的时候，他已经有点支持不住了。

在禄丰打尖，开铺子的也多是广东人。县城距公路还有二三里路，没有工夫去看。打尖的地方是在公路旁新辟的街上。晚上宿在镇南城外一家新开的旅舍里，什么设备也没有，可是住满了人。

二十

第三天经过圾山坡及天子庙两处险坡。终日在山中盘旋。山连山，看不见村落人烟。有的地方，松柏成林；有的地方，却没有多少树木。可是，没有树的地方，也是绿的，不像北方大山那样荒凉。山大都没有奇峰，但浓翠可喜；白云在天上轻移，更教青山明媚。高处并不冷，加以车子越走越热，反倒要脱去外衣了。

晚上九点，才到下关车站。几乎找不到饭吃，因为照规矩须在日落以前赶到,迟到的便不容易找到东西吃了。下关在高处,车子都停在车站。站上的旅舍饭馆差不多都是新开的，既无完好的设备，价钱又高，表示出“专为赚钱，不管别的”的心理。

公路局设有招待所，相当的洁净，可是很难有空房。我们下了一家小旅舍，门外没有灯，门内却有一道臭沟，一进门我就掉在沟里！楼上一间大屋，设床十数架，头尾相连，每床收钱三元。客人们要有两人交谈的，大家便都需陪着不睡，因为都在一间屋子里。

这样的旅舍要三元一铺，吃饭呢，至少须花十元以上，才能吃饱。司机者的花费，即使是绝对规规矩矩，一天也要三四十元咧。

二十一

下关的风，上关的花，苍山的雪，洱海的月，为大理四景。据说下关的风虽多，而不进屋子。我们没遇上风，不知真假。我想，不进屋子的风恐怕不会有，也许是因这一带多地震，墙壁都造得特别厚，所以屋中不大受风的威胁吧。

早晨，车子都开了走，下关便很冷清；等到下午五六点钟的时候，车子都停下，就又热闹起来。我们既不愿白日在旅馆里呆坐，也不喜晚间的嘈杂，便马上决定到喜洲镇去。

由下关到大理是三十里，由大理到喜洲镇还有四十五里。看苍山，以在大理为宜；可是喜洲镇有我们的朋友，所以决定先到那里去。我们雇了两乘滑竿。

这里抬滑竿的多数是四川人。本地人是不愿卖苦力气的。

离开车站，一拐弯便是下关。小小的一座城，在洱海的这一端，城内没有什么可看的。穿出城，右手是洱海，左手是苍山，风景相当的美。可惜，苍山上并没有雪；按轿夫说，是几天没下雨，故山上没有雪——地上落雨，山上就落雪，四季皆然。

到处都有流水，是由苍山流下的雪水。缺雨的时候，即以雪水灌田，但是须向山上的人购买；钱到，水便流过来。

沿路看到整齐坚固的房子，一来是因为防备地震，二来是石头方便。

在大理城内打尖。长条的一座城，有许多家卖大理石的铺子。铺店的牌匾也有用大理石做的，圆圆的石块，嵌在红木上，非常的雅致。城中看不出怎样富庶，也没有多少很体面的建筑，但是在晴和的阳光下，大家从从容容地做着事情，使人感到安全静美。谁能想到，这就是杜文秀抵抗清兵十八年的地方啊！

太阳快落了，才看到喜洲镇。在路上，被日光晒得出了汗；现在，太阳刚被山峰遮住，就感到凉意。据说，云南的天气是一岁中的变化少，一日中的变化多。

二十二

洱海并不像我们想象的那么美。海长百里，宽二十里，是一个长条儿，长而狭便一览无余，缺乏幽远或苍茫之气；它像一条河，不像湖。还有，它的四面都是山，可是山——特别是紧靠湖岸的——都不很秀，都没有多少树木。这样，眼睛看到湖的彼岸，接着就是些平平的山坡了；湖的气势立即消散，不能使人凝眸伫视——它不成为景！

湖上的渔帆也不多。

喜洲镇却是个奇迹。我想不起，在国内什么偏僻的地方，见过这么体面的市镇，远远地就看见几所楼房，孤立在镇外，看样子必是一所大学校。我心中暗喜，到喜洲来，原为访在华中大学的朋友们，假若华中大学有这么阔气的楼房，我与查先生便可以舒舒服服地过几天了。及仔细一打听，才知道那是五台中学，地方上士绅捐资建筑的，花费了一百多万，学校正对着五台高峰，故以五台名。

一百多万！是的，这里的确有出一百多万的能力。看，镇外的牌坊，高大，美丽，通体是大理石的，而且不止一座呀！

进到镇里，仿佛是到了英国的剑桥，街旁到处流着活水：一出门，便可以洗菜洗衣，而污浊立刻随流而逝。街道很整齐，商店很多。有图书馆，馆前立着大理石的牌坊，字是贴金的！有警察局。有像王宫似的深宅大院，都是雕梁画柱。有许多祠堂，也都金碧辉煌。

不到一里，便是洱海。不到五六里便是高山。山水之间有这样的一个镇市，真是世外桃源啊！

二十三

华中大学却在文庙和一所祠堂里。房屋又不够用，有的课室只像卖香烟的小棚子。足以傲人的，是学校有电灯。校车停驶，即利用车中的马达磨电。据说，当电灯初放光明的时节，乡人们“不远千里而来”“观光”。用不着细说，学校中一切的设备，都可以拿这样的电灯作象征——设尽方法，克服困难。

教师们都分住在镇内，生活虽苦，却有好房子住。至不济，还可以租住阔人们的祠堂——连壁上都嵌着大理石的祠堂。

四年前，我离家南下，到武汉便住在华中大学。隔别三载，朋友们却又在喜洲相见，是多么快活的事呀！住了四天，天天有人请吃鱼：洱海的鱼拿到市上还欢跳着。“留神破产呀！”客人发出警告。可是主人们说：“谁能想到你会来呢？！破产也要痛快一下呀！”

我给学生们讲演了三个晚上，查先生讲了一次。五台中学也约去讲演，我很怕小学生们不懂我的言语，因为学生们里有的是讲民家话的。民家话属于哪一语言系统，语言学家们还正在讨论中。在大理城中，人们讲官话，城外便要说民家话了。到城里做事和卖东西的，多数的人只能以官话讲价钱和说眼前的东西的名称，其余的便说不上来了。所谓“民家”者，对官家军人而言，大概在明代南征的时候，官吏与军人被称为官家与军家，而原来的居民便成了民家。

民家人是谁？民家语是属于哪一系统？都有人正在研究。民家人的风俗、神话、历史，也都有研究的价值。云南是学术研究的宝地，人文而外，就单以植物而言，也是兼有温带与寒带的花木啊。

二十四

游了一回洱海，可惜不是月夜。湖边有不少稻田，也有小小的村落。阔人们在海中建起别墅别有天地。这些人是不是发国难财的，就不得而知了。

也游了一次山，山上到处响着溪水，东一个西一个的好多水磨。水比山还好看！苍山的积雪化为清溪，水浅绿，随处在石块左右，翻起白花，水的声色，有点像瑞士的。

山上有罗刹阁。菩萨化为老人，降伏了恶魔罗刹父子，压于宝塔之下。这类的传说，显然是佛教与本土的神话混合而成的。经过分析，也许能找出原来的宗教信仰，与佛教输入的情形。

二十五

此地，妇女们似乎比男人更能干。在田里下力的是妇女，在场上卖东西的是妇女，在路上担负粮柴的也是妇女。妇女，据说，可以养着丈夫，而丈夫可以在家中安闲地享福。

妇女的装束略同汉人，但喜戴些零七八碎的小装饰。很穷的小姑娘老太婆，尽管衣裙破旧，也戴着手镯。草帽子必缀上两根红绿的绸带。她们多数是大足，但鞋尖极长极瘦，鞋后跟钉着一块花布，表示出也近乎缠足的意思。

听说她们很会唱歌，但是我没有听见一声。

二十六

由喜洲回下关，并没在大理停住，虽然华中的友人给了我们介绍信，在大理可以找到住处。大理是游苍山的最合适的地方。我们所以直接回下关者，一来因为不愿多打扰生朋友，二来是车子不好找，须早为下手。

回到下关，范会逢先生来访，并领我们去洗温泉。云南这一带温泉很多，而且水很热。我们洗澡的地方，安有冷水管，假若全用泉水，便热得下不去脚了。泉下，一个很险要的地方，两面是山，中间是水，有一块碑，刻着汉诸葛武侯擒孟获处。碑是光绪年间立的，不知以前有没有？

范先生说有小车子回昆明，教我们乘搭。在这以前，我们已交涉好滇缅路交通车，即赶紧辞退，可是，路局的人员约我去演讲一次。他们的办公处，在湖边上，一出门便看见山水之胜。小小的一个俱乐部，里面有些书籍。职员之中，有些很爱好文艺的青年。他们还在下关演过话剧。他们的困难是找不到合适的剧本。他们的人少，服装道具也不易置办，而得到的剧本，总嫌用人太多，场面太多，无法演出。他们的困难，我想，恐怕也是各地方的热心戏剧宣传者的困难吧，写剧的人似乎应当注意及此。

讲演的时候，门外都站满了人。他们不易得到新书，也不易听到什么，有朋自远方来，当然使他们兴奋。

在下关旅舍里，遇见一位新由仰光回来的青年，他告诉我：海外是怎样的需要文艺宣传。有位“常任侠”——不是中大的教授——声言要在仰光等处演戏，需钱去接来演员。演员们始终没来一个，而常君自己已骗到手十多万！

二十七

小车子一天赶了四百多公里，早六时半出发，晚五时就开到了昆明。

预备做两件事：一件是看看滇戏，一件是上呈贡。滇戏没看到，因为空袭的关系，已很久没有彩唱，而只有“坐打”。呈贡也没去成。预定十一月十四日起身回渝，十号左右可去呈贡，可是忽然得到通知，十号可以走，破坏了预定计划。

十日，恋恋不舍地辞别了众朋友。

养　花

我爱花，所以也爱养花。我可还没成为养花专家，因为没有工夫去作研究与试验。我只把养花当作生活中的一种乐趣，花开得大小好坏都不计较，只要开花，我就高兴。在我的小院中，到夏天，满是花草，小猫儿们只好上房去玩耍，地上没有它们的运动场。

花虽多，但无奇花异草。珍贵的花草不易养活，看着一棵好花生病欲死是件难过的事。我不愿时时落泪。北京的气候，对养花来说，不算很好。冬天冷，春天多风，夏天不是干旱就是大雨倾盆；秋天最好，可是忽然会闹霜冻。在这种气候里，想把南方的好花养活，我还没有那么大的本事。因此，我只养些好种易活、自己会奋斗的花草。

不过，尽管花草自己会奋斗，我若置之不理，任其自生自灭，它们多数还是会死了的。我得天天照管它们，像好朋友似的关切它们。一来二去，我摸着一些门道：有的喜阴，就别放在太阳地里，有的喜干，就别多浇水。这是个乐趣，摸住门道，花草养活了，而且三年五载老活着、开花，多么有意思呀！不是乱吹，这就是知识呀！多得些知识，一定不是坏事。

我不是有腿病吗，不但不利于行，也不利于久坐。我不知道花草们受我的照顾，感谢我不感谢；我可得感谢它们。在我工作的时候，我总是写了几十个字，就到院中去看看，浇浇这棵，搬搬那盆，然后回到屋中再写一点，然后再出去，如此循环，把脑力劳动与体力劳动结合到一起，有益身心，胜于吃药。要是赶上狂风暴雨或天气突变哪，就得全家动员，抢救花草，十分紧张。几百盆花，都要很快地抢到屋里去，使人腰酸腿疼，热汗直流。第二天，天气好转，又得把花儿都搬出去，就又一次腰酸腿疼，热汗直流。可是，这多么有意思呀！不劳动，连棵花儿也养不活，这难道不是真理吗？

送牛奶的同志，进门就夸“好香”！这使我们全家都感到骄傲。赶到昙花开放的时候，约几位朋友来看看，更有秉烛夜游的神气——昙花总在夜里放蕊。花儿分根了，一棵分为数棵，就赠给朋友们一些；看着友人拿走自己的劳动果实，心里自然特别喜欢。

当然，也有伤心的时候，今年夏天就有这么一回。三百株菊秧还在地上（没到移入盆中的时候），下了暴雨。邻家的墙倒了下来，菊秧被砸死者三十多种，一百多棵！全家都几天没有笑容！

有喜有忧，有笑有泪，有花有实，有香有色，既须劳动，又长见识，这就是养花的乐趣。

猫

猫的性格实在有些古怪。说它老实吧，它的确有时候很乖。它会找个暖和地方，成天睡大觉，无忧无虑。什么事也不过问。可是，赶到它决定要出去玩玩，就会走出一天一夜，任凭谁怎么呼唤，它也不肯回来。说它贪玩吧，的确是呀，要不怎么会一天一夜不回家呢？可是，及至它听到点老鼠的响动啊，它又多么尽职，闭息凝视，一连就是几个钟头，非把老鼠等出来不拉倒！

它要是高兴，能比谁都温柔可亲：用身子蹭你的腿，把脖儿伸出来要求给抓痒，或是在你写稿子的时候，跳上桌来，在纸上踩印几朵小梅花。它还会丰富多腔地叫唤，长短不同，粗细各异，变化多端，力避单调。在不叫的时候，它还会咕噜咕噜地给自己解闷。这可都凭它的高兴。它若是不高兴啊，无论谁说多少好话，它一声也不出，连半个小梅花也不肯印在稿纸上！它倔强得很！

是，猫的确是倔强。看吧，大马戏团里什么狮子、老虎、大象、狗熊，甚至于笨驴，都能表演一些玩意儿，可是谁见过耍猫呢？（昨天才听说：苏联的某马戏团里确有耍猫的，我当然还没亲眼见过。）

这种小动物确是古怪。不管你多么善待它，它也不肯跟着你上街去逛逛。它什么都怕，总想藏起来。可是它又那么勇猛，不要说见着小虫和老鼠，就是遇上蛇也敢斗一斗。它的嘴往往被蜂儿或蝎子蜇得肿起来。

赶到猫儿们一讲起恋爱来，那就闹得一条街的人们都不能安睡。它们的叫声是那么尖锐刺耳，使人觉得世界上若是没有猫啊，一定会更平静一些。

可是，及至女猫生下两三个棉花团似的小猫啊，你又不恨它了。它是那么尽责地看护儿女，连上房兜兜风也不肯去了。

郎猫可不那么负责，它丝毫不关心儿女。它或睡大觉，或上屋去乱叫，有机会就和邻居们打一架，身上的毛儿滚成了毡，满脸横七竖八都是伤痕，看起来实在不大体面。好在它没有照镜子的习惯，依然昂首阔步，大喊大叫，它匆忙地吃两口东西，就又去挑战开打。有时候，它两天两夜不回家，可是当你以为它可能已经远走高飞了，它却瘸着腿大败而归，直入厨房要东西吃。

过了满月的小猫们真是可爱，腿脚还不甚稳，可是已经学会淘气。妈妈的尾巴，一根鸡毛，都是它们的好玩具，要上没结没完。一玩起来，它们不知要摔多少跟头，但是跌倒即马上起来，再跑再跌。它们的头撞在门上，桌腿上和彼此的头上。撞疼了也不哭。

它们的胆子越来越大，逐渐开辟新的游戏场所。它们到院子里来了。院中的花草可遭了殃。它们在花盆里摔跤，抱着花枝打秋千，所过之处，枝折花落。你不肯责打它们，它们是那么生气勃勃，天真可爱呀。可是，你也爱花。这个矛盾就不易处理。

现在，还有新的问题呢：老鼠已差不多都被消灭了，猫还有什么用处呢？而且，猫既吃不着老鼠，就会想办法去偷捉鸡雏或小鸭什么的开开斋。这难道不是问题吗？

在我的朋友里颇有些位爱猫的。不知他们注意到这些问题没有？记得二十年前在重庆住着的时候，那里的猫很珍贵，须花钱去买。在当时，那里的老鼠是那么猖狂，小猫反倒须放在笼子里养着，以免被老鼠吃掉。据说，目前在重庆已很不容易见到老鼠。那么，那里的猫呢？是不是已经不放在笼子里，还是根本不养猫了呢？这须打听一下，以备参考。

也记得三十年前，在一艘法国轮船上，我吃过一次猫肉。事前，我并不知道那是什么肉，因为不识法文，看不懂菜单。猫肉并不难吃，虽不甚香美，可也没什么怪味道。是不是该把猫都送往法国轮船上去呢？我很难做出决定。

猫的地位的确降低了，而且发生了些小问题。可是，我并不为猫的命运多担什么心思。想想看吧，要不是灭鼠运动得到了很大的成功，消除了巨害，猫的威风怎会减少了呢？两相比较，灭鼠比爱猫更重要得多，不是吗？我想，世界上总会有那么一天，一切都机械化了，不是连驴马也会有点问题吗？可是，谁能因担忧驴马没有事做而放弃了机械化呢？

落花生

我是个谦卑的人。但是，口袋里装上四个铜板的落花生，一边走一边吃，我开始觉得比秦始皇还骄傲。假若有人问我：“你要是做了皇上，你怎么享受呢？”简直地不必思索，我就答得出：“派四个大臣拿着两块钱的铜子，爱买多少花生吃就买多少！”

什么东西都有个幸与不幸。不知道为什么瓜子比花生的名气大。你说，凭良心说，瓜子有什么吃头？它夹你的舌头，塞你的牙，激起你的怒气——因为一咬就碎；就是幸而没碎，也不过是那么小小的一片，不解饿，没味道，劳民伤财，布尔乔亚①！你看落花生：大大方方的，浅白麻子，细腰，曲线美。这还只是看外貌。弄开看：一胎儿两个或者三个粉红的胖小子。脱去粉红的衫儿，象牙色的豆瓣一对对地抱着，上边儿还结着吻。那个光滑，那个水灵，那个香喷喷的，碰到牙上那个干松酥软！白嘴吃也好，就酒喝也好，放在舌上当槟榔含着也好。写文章的时候，三四个花生可以代替一支香烟，而且有益无损。

种类还多呢：大花生，小花生，大花生米，小花生米，糖饯的，炒的，煮的，炸的，各有各的风味，而都好吃。下雨阴天，煮上些小花生，放

① 即资产阶级。

点盐；来四两玫瑰露；够作好几首诗的。瓜子可给诗的灵感？冬夜，早早地躺在被窝里，看着《水浒传》，枕旁放着些花生米；花生米的香味，在舌上，在鼻尖；被窝里的暖气，武松打虎……这便是天国！冬天在路上，刮着冷风，或下着雪，袋里有些花生使你心中有了主儿。掏出一个来，剥了，慌忙往口中送，闭着嘴嚼，风或雪立刻不那么厉害了。况且，一个二十岁以上的人肯神仙似的，无忧无虑的，随随便便的，在街上一边走一边吃花生，这个人将来要是做了宰相或度支部尚书，他是不会有官僚气与贪财的。他若是做了皇上，必是朴俭温和直爽天真的一位皇上，没错。

吃瓜子的照例不在街上走着吃，所以我不给他保这个险。

至于家中要是有小孩儿，花生简直比什么也重要。不但可以吃，而且能拿它们玩。夹在耳唇上当环子，几个小姑娘就能办很大的一回喜事。小男孩若找不着玻璃球儿，花生也可以当弹儿。玩法还多着呢。玩了之后，剥开再吃，也还不脏。两个大子儿的花生可以玩半天；给他们些瓜子试试。

论样子，论味道，栗子其实满有势派儿。可是它没有落花生那点家常的“自己”劲儿。栗子跟人没有交情，仿佛是。核桃也不行，榛子就更显着疏远。落花生在哪里都有人缘，自天子以至庶人都跟它是朋友；这不容易。

在英国，花生叫作“猴豆”——monkey nuts。人们到动物园去才带上一包，去喂猴子。花生在这个国里真不算很光荣，可是我亲眼看见去喂猴子的人——小孩就更不用提了——偷偷地也往自己口中送这猴豆。花生和苹果好像一样的有点魔力，假如你知道苹果的典故；我这儿确是用着典故。

美国吃花生的不限于猴子。我记得有位美国姑娘，在到中国来的时候，把几只皮箱的空处都填满了花生，大概凑起来总够十来斤吧，怕是到中国吃不着这种宝物。美国姑娘都这样重看花生，可见它确是有价值；按照哥伦比亚的哲学博士的辩证法看，这当然没有误儿。

花生大概还跟婚礼有点关系，一时我可想不起来是怎么个办法了；不是新娘子在轿里吃花生，不是；反正是什么什么春吧——你可晓得这个典故？其实花轿里真放上一包花生米，新娘子未必不一边落泪一边嚼着。

兔儿爷

我好静，故怕旅行。自然，到过的地方就不多了。到的地方少，看的东西自然也就少。就是对于兔儿爷这玩意儿也没有看过多少种。

稍为熟悉的只有北方几座城：北平，天津，济南和青岛。在这四个名城里，一到中秋，街上便摆出兔儿爷来——就是山东人称为兔子王的泥人。兔儿爷或兔子王都是泥作的。兔脸人身，有的背后还插上纸旗，头上罩着纸伞。种类多，做工细，要算北平。山东的兔子王样式既少，手工也很糙。

泥人本有多种，可是因为不结实，所以做得都不太精细；给小儿女买玩意儿，谁也不愿多花钱买一碰即碎的呀。兔儿爷虽也系泥人，但售出的时间只在八月节前的半个月左右，与月饼同为迎时当令的东西，故不妨做得精细一些。况且小儿女们每愿给兔儿爷上供，置之桌上，不像对待别种泥娃娃那么随便，于是也就略为减少碰碎的危险。这样，兔儿爷便获得较优越的地位，而能每年一度很漂亮地出现于街头。

中秋又到了，北平等处的兔儿爷怎样呢？

我可以想象到：那些粉脸彩衣，插旗打伞的泥人一定还是一行行地摆在街头，为暴敌粉饰升平啊！

听说敌人这些日子，正在北平大量地焚书，几乎凡不是木板的图书都可以遭到被投入火里的厄运。学校里，人家里，都没有了书，而街头上到处摆出兔儿爷，多么好的一种布置呢！暴敌要的是傀儡呀！

友人来信，说平津大雨，连韭菜都卖到三吊钱（与重庆的“吊”同值）一束，粗粮也卖到一毛多一斤。谁还买得起兔儿爷呢？大概也就是在市上摆几天，给大家热闹热闹眼睛吧！

因而就想到那些高等汉奸，到时候，他们就必出来。正如桂花一开，兔子王便上市。他们的脸很体面，油光水滑的，只可惜鼻下有个三瓣子嘴，而头上有一对长耳朵。他们的身上也花花绿绿，足下登起粉底高靴。身腔里可是空空的，脊背有个泥团儿，为插旗伞之用；旗伞都是纸做的。他们多体面，多空虚，多没有心肝呢！他们唯一的好处似乎只在有两个泥膝，跪下很方便。

兔儿爷怕遇上淘气的孩子，左搬右弄，它脸上的粉，身上的彩，便被弄污；不幸而孩子一失手，全身便变成若干小片片了。孩子并不十分伤心，有钱便能再买一个呀。幸而支持过了中秋，并未粉碎；可又时节已过，谁还有心玩兔子王呢？最聪明的傀儡也不过是些小土片呀！那些带活气的兔子王，越漂亮，我就越替他们担心；小日本鬼子不但淘气，而且是世上最凶狠的孩子啊。兔子王的寿命无论如何过不去中秋，我真想为那些粉墨登场的傀儡落泪了。

抗战建国须凭真实本领与浩然正气，只能迎时当令充兔子王的，不做汉奸，也是废物。那么，我们不仅当北望平津，似乎也当自省一下吧？

吃莲花的

少见则多怪，真叫人愁得慌！谁能都知都懂？就拿相对论说吧，到底怎样相对？是像哼哈二将那么相对，还是像情人要互吻时那么面面相对？我始终弄不清！况且，还要“论”呢。一向不晓得哼哈二将会作论；至于情人互吻而必须作论，难道情人也得“会考”？

这且不提。拿些小事说“眼生”就要恶意的发笑，“眼熟”的事儿是对的，至少也比“眼生”的文明些。中国人用湿毛巾擦脸，英美人用干的；中国人放伞头朝上，西洋鬼子放伞头朝下；于是据洋鬼子看，他们文明，我们是头朝下活着。少见多怪，“怪”完了还自是自高一下，愁人得慌！

这且不提。听说广东人吃狗。每逢有广东朋友来，我总把黄子藏到后院去。可是据我所知道的广东朋友们，还没有一位向我要求过：“来，拿黄子开开斋！”没有。可是，黄子还是在后院保险。

这且不提。虽然我不“大”懂相对论——不是一点也不懂，说不定它还就许是像哼哈二将那样的对立——可是我天性爱花草。盆花数十种，分对列于庭中，大概我不见得一定比爱因斯坦低下着多少。不，或者我比他还高着些。他会相对——和他的夫人相对而坐，也许是——而且会论——和他的夫人论些家长里短什么的。我呢，会种花。我与他各有一出拿手戏，谁也不高，谁也不低。他要是不服气的话，他骂我，我也会骂他。相对论，我得承认他的优越；相对骂，不定谁行呢！这样，我与他本是“肩膀齐为弟兄”，他不用吹，我用不着谦卑。可是，我的盆花是成对摆列着的，兰对兰，菊对菊，盆盆相对，只欠着一个“论”;那么，我比他强点！

这且不提——就使我真比爱因斯坦强，也是心里的劲，不便大吹大擂地宣传，我不是好吹的人；何必再提？今年我种了两盆白莲。盆是由北平搜寻来的，里外包着绿苔，至少有五六十岁。泥是由黄河拉来的。水用趵突泉的。只是藕差点事，吃剩下来的菜藕。好盆好泥好水敢情有妙用，菜藕也不好意思了，长吧，开花吧，不然太对不起人！居然，拔了梗，放了叶，而且开了花。一盆里七八朵，白的！只有两朵，瓣尖上有点红，我细细地用檀香粉给涂了涂，于是全白。作诗吧，除了作诗还有什么办法？专说“亭亭玉立”这四个字就被我用了七十五次，请想我作了多少首诗吧！

这且不提。好几天了，天天门口卖菜的带着几把儿白莲。最初，我心里很难过。好好的莲花和茄子冬瓜放在一块，真！继而一想，若有所悟。啊，济南名士多，不能自己“种”莲，还不“买”些用古瓶清水养起来，放在书斋？是的，一定是这样。

这且不提。友人约游大明湖，“去买点莲花来！”他说。“何必去买，我的两盆还不可观？”我有点不痛快，心里说：“我自种的难道比不上湖里的？真！”况且，天这么热，游湖更受罪，不如在家里，煮点毛豆角，喝点莲花白，作两首诗，以自种白莲为题，岂不雅妙？友人看着那两盆花，点了点头。我心里不用提多么痛快了；友人也很雅哟！除了作新诗向来不肯用这“哟”，可是此刻非用不可了！我忙着吩咐家中煮毛豆角，看看能买到鲜核桃不。然后到书房去找我的诗稿。友人静立花前，欣赏着哟！

这且不提。及至我从书房回来一看，盆中的花全在友人手里握着呢，只剩下两朵快要开败的还在原地未动。我似乎忽然中了暑，天旋地转，说不出话。友人可是很高兴。他说:“这几朵也对付了,不必到湖中买去了。其实门口卖菜的也有，不过没有湖上的新鲜便宜。你这些不很嫩了，还能对付。”他一边说着,一边奔了厨房。“老田,”他叫着我的总管事兼厨子，“把这用好香油炸炸。外边的老瓣不要，炸里边那嫩的。”老田是我由北平请来的，和我一样不懂济南的典故，他以为香油炸莲瓣是什么偏方呢。“这治什么病，烫伤？”他问。友人笑了。“治烫伤？吃！美极了！没看见菜挑子上一把一把儿地卖吗？”

这且不提。还提什么呢，诗稿全烧了，所以不能附录在这里。

小动物们

鸟兽们自由地生活着，未必比被人豢养着更快乐。据调查鸟类生活的专门家说，鸟啼绝不是为使人爱听，更不是以歌唱自娱，而是占据猎取食物的地盘的示威；鸟类的生活是非常的艰苦。兽类的互相蚕食是更显然的。这样，看见笼中的鸟，或柙中的虎，而替它们伤心，实在可以不必。可是，也似乎不必替它们高兴；被人养着，也未尽舒服。生命仿佛是老在魔鬼与荒海的夹间儿，怎样也不好。

我很爱小动物们。我的“爱”只是我自己觉得如此；到底对被爱的有什么好处，不敢说。它们是这样受我的恩养好呢，还是自由地活着好呢？也不敢说。把养小动物们看成一种事实，我才敢说些关于它们的话。下面的述说，那么，只是为述说而述说。

先说鸽子。我的幼时，家中很贫。说出“贫”来，为是声明我并养不起鸽子；鸽子是种费钱的活玩意儿。可是，我的两位姐丈都喜欢玩鸽子，所以我知道其中的一点儿故典。我没事儿就到两家去看鸽，也不短随着姐丈们到鸽市去玩；他们都比我大着二十多岁。我的经验既是这样来的，而且是幼时的事，恐怕说得不能很完全了；有好多鸽子名已想不起来了。

鸽的名样很多。以颜色说，大概应以灰、白、黑、紫为基本色儿。可是全灰全白全黑全紫的并不值钱。全灰的是楼鸽，院中撒些米就会来一群；物是以缺者为贵，楼鸽太普罗。有一种比楼鸽小，灰色也浅一些的，才是真正的“灰”；但也并不很贵重。全白的，大概就叫“白”吧，我记不清了。全黑的叫黑儿，全紫的叫紫箭，也叫猪血。

猪血们因为羽毛单调，所以不值钱，这就容易想到值钱的必是杂色的。杂色的种类多极了，就我所知道的——并且为清楚起见——可以分作下列的四大类：点子、乌、环、玉翅。点子是白身腔，只在头上有手指肚大的一块黑，或紫；尾是随着头上那个点儿，黑或紫。这叫作黑点子和紫点子。乌与点子相近，不过是头上的黑或紫延长到肩与胸部。这叫黑乌或紫乌。这种又有黑翅的或紫翅的，名铁翅乌或铜翅乌——这比单是乌又贵重一些。还有一种，只有黑头或紫头，而尾是白的，叫作黑乌头或紫乌头；比乌的价钱要贱一些。刚才说过了，乌的头部的黑或紫毛是后齐肩，前及胸的。假若黑或紫毛只是由头顶到肩部，而前面仍是白的，这便叫作老虎帽，因为很像廿年前通行的风帽；这种确是非常地好看，因而价值也就很高。在民国初年，兴了一阵子蓝乌和蓝乌头，头尾如乌，而是灰蓝色儿的。这种并不好看，出了一阵子风头也就拉倒了。

环，简单得很：全白而项上有一黑圈者叫墨环；反之，全黑而项上有白圈者是玉环。此外有紫环，全白而项上有一紫环。“环”这种鸽似乎永远不大高贵。大概可以这么说，白尾的鸽是不易与黑尾或紫尾的相抗，因为白尾的飞起来不大美。

玉翅是白翅边的。全灰而有两白翅是灰玉翅；还有黑玉翅、紫玉翅。所谓白翅，有个讲究：翅上的白翎是左七右八。能够这样，飞起来才正好，白边儿不过宽，也不过窄。能生成就这样的，自然很少，所以鸽贩常常做假，硬插上一两根，或拔去些，是常有的事。这类中又有变种：玉翅而有白尾的，比如一只黑鸽而有左七右八的白翅翎，同时又是白尾，便叫作三块玉。灰的、紫的，也能这样。要是连头也是白的呢便叫作四块玉了。四块玉是比较有些价值的。

在这四大类之外，还有许多杂色的鸽。如鹤袖，如麻背，都有些价值，可不怎么十分名贵。在北平，差不多是以上述的四大类为主。新种随时有，也能时兴一阵，可都不如这四类重要与长远。

就这四大类说，紫的老比别的颜色高贵。紫色儿不容易长到好处，太深了就遭猪血之诮，太浅了又黄不唧的寒酸。况且还容易长“花了”呢，特别是在尾巴上，翎的末端往往露出白来，像一块癣似的，把个尾巴就毁了。

紫以下便是黑，其次为灰。可是灰色如只是一点，如灰头、灰环，便又可贵了。

这些鸽中，以点子和乌为“古典的”。它们的价值似乎永远不变，虽然普通，可是老是鸽群之主。这么说吧，飞起四十只鸽，其中有过半的点子和乌，而杂以别种，便好看。反之，则不好看。要是这四十只都是点子，或都是乌，或点子与乌，便能有顶好的阵容。你几乎不能飞四十只环或玉翅。想想看吧：点子是全身雪白，而有个黑或紫的尾，飞起来像一群玲珑的白鸥；及至一翻身呢，那黑或紫的尾给这轻洁的白衣一个色彩深厚的裙儿，既轻妙而又厚重。假若是太阳在西边，而东方有些黑云，那就太美了：白翅在黑云下自然分外地白了；一斜身儿呢，黑尾或紫尾——最好是紫尾——迎着阳光闪起一些金光来！点子如是，乌也如是。白尾巴的，无论长得多么体面，飞起来没这种美妙，要不怎么不大值钱呢。铁翅乌或铜翅乌飞起来特别地好看，像一朵花，当中一块白，前后左右都镶着黑或紫，它使人觉得安闲舒适。可是铜翅乌几乎永远不飞，飞不起，贱的也是几十块钱一对儿吧。玩鸽子是满天飞洋钱的事儿，洋钱飞起去是不如在手里牢靠的。

可是，鸽子的讲究儿不专在飞，正如女子出头露脸不专仗着能跑五十米。它得长得俊。先说头吧，平头或峰头（峰读如凤；也许就是凤，而不是峰），便决定了身价的高低。所谓峰头或凤头的，是在头上有一撮立着的毛；平头是光葫芦。自然凤头的是更美，也更贵。峰——或凤——不许有杂毛，黑便全黑，紫便全紫，搀着白的便不够派儿。它得大，而且要像个荷包似的向里包包着。鸽贩常把峰的杂毛剔去，而且把不像荷包的收拾得像荷包。这样收拾好的峰，就怕鸽子洗澡，因为那好看的头饰是用胶粘的。

头最怕鸡头，没有脑勺儿，愣头磕脑的不好看。头须像算盘子儿，圆乎乎的，丰满。这样的头，再加上个好峰，便是标准美了。

眼，得先说眼皮。红眼皮的如害着眼病，当然不美。所以要强的鸽子得长白眼皮。宽宽的白眼皮，使眼睛显着大而有神。眼珠也有讲究，豆眼、隔棱眼，都是要不得的。可惜我离开鸽子们已念多年，形容不上来豆眼等是什么样子了；有机会到北平去住几天，我还能把它们想起来，到鸽市去两趟就行了。

嘴也很要紧。无论长得多么体面的鸽，来个长嘴，就算完了事。要不怎么，有的鸽虽然很缺少，而总不能名贵呢；因为这种根本没有短嘴的。鸽得有短嘴！厚厚实实的，小墩子嘴，才好看。

头部以外，就得论羽毛如何了。羽毛的深浅，色的支配，都有一定的。老虎帽的帽长到何处，虎头的黑或紫毛应到胸部的何处，都不能随便。出一个好鸽与出一个美人都是历史的光荣。

身的大小，随鸽而异。羽色单调一些的，像紫箭等，自然是越大越蠢，所以以短小玲珑为贵。像点子与乌什么的，个子大一点也不碍事。不过，嘴儿短，长得娇秀，自然不会发展得很粗大了，所以美丽的鸽往往是小个儿。

大个子的，长嘴儿的，可也有用处。大个子的身强力壮翅子硬，能飞，能尾上戴鸽铃，所以它们是空中的主力军。别的鸽子好看，可供地上玩赏；这些老粗儿是飞起来才见本事，故而也还被人爱。长翅儿也有用，孵小鸽子是它们的事：它们的嘴长，“喷”得好——小鸽不会自己吃东西，得由老鸽嘴对嘴的“喷”。再说呢，喷的时候，老的胸部羽毛便糙了；谁也不肯这么牺牲好鸽。好鸽下的蛋，总被人拿来交与丑鸽去孵，丑鸽本来不值钱，身上糙旧一点也没关系。要做鸽就得美呀，不然便很苦了。

有的丑鸽，仿佛知道自己的相貌不扬，便长点特别的本事以与美鸽竞争。有力气戴大鸽铃便是一例。可是有力气还不怎样新奇，所以有的能在空中翻跟头。会翻跟头的鸽在与朋友们一块飞起的时候，能飞着飞着便离群而翻几个跟头，然后再飞上去加入鸽群，然后又独自翻下来。这很好看，假若它是白色的，就好像由蓝空中落下一团雪来似的。这种鸽的身体很小，面貌可不见得美。它有个标志，即在项上有一小撮毛儿，倒长着。这一撮倒毛儿好像老在那儿说："你瞧，我会翻跟头！"这种鸽还有个特点，脚上有毛儿，像诸葛亮的羽扇似的。一走，便扑喳扑喳的，很有神气。不会翻跟头的可也有时候长着毛脚。这类鸽多半是全灰全白或全黑的。羽毛不佳，可是有本事呢。

为养毛脚鸽，须盖灰顶的房，不要瓦。因为瓦的棱儿往往伤了毛脚而流出血来。

哎呀！我说"先说鸽子"，已经三千多字了，还没说完！好吧，下回接着说鸽子吧，假若有人爱听。我的题目《小动物们》，似乎也有加上个"鸽"的必要了。

北京的春节

按照北京的老规矩，过农历的新年（春节），差不多在腊月的初旬就开头了。“腊七腊八，冻死寒鸦”，这是一年里最冷的时候。可是，到了严冬，不久便是春天，所以人们并不因为寒冷而减少过年与迎春的热情。在腊八那天，人家里，寺观里，都熬腊八粥。这种特制的粥是祭祖祭神的。可是细一想，它倒是农业社会的一种自傲的表现——这种粥是用所有的各种的米，各种的豆，与各种的干果（杏仁、核桃仁、瓜子、荔枝肉、桂圆肉、莲子、花生米、葡萄干、菱角米……）熬成的。这不是粥，而是小型的农业展览会。

腊八这天还要泡腊八蒜。把蒜瓣在这天放到高醋里，封起来，为过年吃饺子用的。到年底，蒜泡得色如翡翠，而醋也有了些辣味，色味双美，使人要多吃几个饺子。在北京，过年时，家家吃饺子。

从腊八起，铺户中就加紧地上年货，街上加多了货摊子——卖春联的、卖年画的、卖蜜供的、卖水仙花的等等都是只在这一季节才会出现的。这些赶年的摊子都教儿童们的心跳得特别快一些。在胡同里，吆喝的声音也比平时更多更复杂起来，其中也有仅在腊月才出现的，像卖宪书的、松枝的、薏仁米的、年糕的等等。

在有皇帝的时候，学童们到腊月十九日就不上学了，放年假一月。

儿童们准备过年，差不多第一件事是买杂拌儿。这是用各种干果（花生、胶枣、榛子、栗子等）与蜜饯掺和成的，普通的带皮，高级的没有皮——例如：普通的用带皮的榛子，高级的就用榛瓤儿。儿童们喜吃这些零七八碎儿，即使没有饺子吃，也必须买杂拌儿。他们的第二件大事是买爆竹，特别是男孩子们。恐怕第三件事才是买玩意儿——风筝、空竹、口琴等——和年画儿。

儿童们忙乱，大人们也紧张。他们须预备过年吃的使的喝的一切。他们也必须给儿童赶快做新鞋新衣，好在新年时显出万象更新的气象。

二十三日过小年，差不多就是过新年的“彩排”。在旧社会里，这天晚上家家祭灶王，从一擦黑儿鞭炮就响起来，随着炮声把灶王的纸像焚化，美其名叫送灶王上天。在前几天，街上就有多少多少卖麦芽糖与江米糖的，糖形或为长方块或为大小瓜形。按旧日的说法：有糖粘住灶王的嘴，他到了天上就不会向玉皇报告家庭中的坏事了。现在，还有卖糖的，但是只由大家享用，并不再粘灶王的嘴了。

过了二十三，大家就更忙起来，新年眨眼就到了啊。在除夕以前，家家必须把春联贴好，必须大扫除一次，名曰扫房。必须把肉、鸡、鱼、青菜、年糕什么的都预备充足，至少足够吃用一个星期的——按老习惯，铺户多数关五天门，到正月初六才开张。假若不预备下几天的吃食，临时不容易补充。还有，旧社会里的老妈妈论，讲究在除夕把一切该切出来的东西都切出来，省得在正月初一到初五再动刀，动刀剪是不吉利的。这含有迷信的意思，不过它也表现了我们确是爱和平的人，在一岁之首连切菜刀都不愿动一动。

除夕真热闹。家家赶做年菜，到处是酒肉的香味。老少男女都穿起新衣，门外贴好红红的对联，屋里贴好各色的年画，哪一家都灯火通宵，不许间断，炮声日夜不绝。在外边做事的人，除非万不得已，必定赶回家来，吃团圆饭，祭祖。这一夜，除了很小的孩子，没有什么人睡觉，而都要守岁。

元旦的光景与除夕截然不同：除夕，街上挤满了人；元旦，铺户都上着板子，门前堆着昨夜燃放的爆竹纸皮，全城都在休息。

男人们在午前就出动，到亲戚家，朋友家去拜年。女人们在家中接待客人。同时，城内城外有许多寺院开放，任人游览，小贩们在庙外摆摊、卖茶、食品和各种玩具。北城外的大钟寺、西城外的白云观、南城的火神庙（厂甸）是最有名的。可是，开庙最初的两三天，并不十分热闹，因为人们还正忙着彼此贺年，无暇及此。到了初五六，庙会开始风光起来，小孩们特别热心去逛，为的是到城外看看野景，可以骑毛驴，还能买到那些新年特有的玩具。白云观外的广场上有赛轿车赛马的；在老年间，据说还有赛骆驼的。这些比赛并不争取谁第一谁第二，而是在观众面前表演骡马与骑者的美好姿态与技能。

多数的铺户在初六开张，又放鞭炮，从天亮到清早，全城的炮声不绝。虽然开了张，可是除了卖吃食与其他重要日用品的铺子，大家并不很忙，铺中的伙计们还可以轮流着去逛庙、逛天桥和听戏。

元宵（汤圆）上市，新年的高潮到了——元宵节（从正月十三到十七）。除夕是热闹的，可是没有月光；元宵节呢，恰好是明月当空。元旦是体面的，家家门前贴着鲜红的春联，人们穿着新衣裳，可是它还不够美。元宵节，处处悬灯结彩，整条的大街像是办喜事，火炽而美丽。有名的老铺都要挂出几百盏灯来，有的一律是玻璃的，有的清一色是牛角的，有的都是纱灯；有的各形各色，有的通通彩绘全部《红楼梦》或《水浒传》故事。这，在当年，也就是一种广告；灯一悬起，任何人都可以进到铺中参观；晚间灯中都点上烛，观者就更多。这广告可不庸俗。干果店在灯节还要做一批杂拌儿生意，所以每每独出心裁的，制成各样的冰灯，或用麦苗做成一两条碧绿的长龙，把顾客招来。

除了悬灯，广场上还放花盒。在城隍庙里并且燃起火判，火舌由判官的泥像的口、耳、鼻、眼中伸吐出来。公园里放起天灯，像巨星似的飞到天空。

男男女女都出来踏月、看灯、看焰火；街上的人拥挤不动。在旧社会里，女人们轻易不出门，她们可以在灯节里得到些自由。

小孩子们买各种花炮燃放，即使不跑到街上去淘气，在家中也照样能有声有光地玩耍。家中也有灯：走马灯——原始的电影——宫灯、各形各色的纸灯，还有纱灯，里面有小铃，到时候就叮叮地响。大家还必须吃汤圆呀。这的确是美好快乐的日子。

一眨眼，到了残灯末庙，学生该去上学，大人又去照常做事，新年在正月十九结束了。腊月和正月，在农村社会里正是大家最闲在的时候，而猪牛羊等也正长成，所以大家要杀猪宰羊，酬劳一年的辛苦。过了灯节，天气转暖，大家就又去忙着干活了。北京虽是城市，可是它也跟着农村社会一齐过年，而且过得分外热闹。

在旧社会里，过年是与迷信分不开的。腊八粥，关东糖，除夕的饺子，都须先去供佛，而后人们再享用。除夕要接神；大年初二要祭财神，吃元宝汤（馄饨），而且有的人要到财神庙去借纸元宝，抢烧头股香。正月初八要给老人们顺星、祈寿。因此那时候最大的一笔浪费是买香蜡纸马的钱。现在，大家都不迷信了，也就省下这笔开销，用到有用的地方去。特别值得提到的是现在的儿童只快活地过年，而不受那迷信的熏染，他们只有快乐，而没有恐惧——怕神怕鬼。也许，现在过年没有以前那么热闹了，可是多么清醒健康呢。以前，人们过年是托神鬼的庇佑，现在是大家劳动终岁，大家也应当快乐地过年。

我的母亲

母亲的娘家是在北平德胜门外，土城儿外边，通大钟寺的大路上的一个小村里。村里一共有四五家人家，都姓马。大家都种点不十分肥美的地，但是与我同辈的兄弟们，也有当兵的，做木匠的，做泥水匠的和当巡警的。他们虽然是农家，却养不起牛马，人手不够的时候，妇女便也须下地做活。

对于姥姥家，我只知道上述的一点。外公外婆是什么样子，我就不知道了，因为他们早已去世。至于更远的族系与家史，就更不晓得了；穷人只能顾眼前的衣食，没有工夫谈论什么过去的光荣；“家谱”这字眼，我在幼年就根本没有听说过。

母亲生在农家，所以勤俭诚实，身体也好。这一点事实却极重要，因为假若我没有这样的一位母亲，我以为我恐怕也就要大大地打个折扣了。

母亲出嫁大概是很早，因为我的大姐现在已是六十多岁的老太婆，而我的大甥女还长我一岁啊。我有三个哥哥，四个姐姐，但能长大成人的，只有大姐，二姐，三姐，三哥与我。我是“老”儿子。生我的时候，母亲已有四十一岁，大姐二姐已都出了阁。

由大姐与二姐所嫁入的家庭来推断，在我生下之前，我的家里，大概还马马虎虎地过得去。那时候订婚讲究门当户对，而大姐丈是做小官的，二姐丈也开过一间酒馆，他们都是相当体面的人。

可是，我，我给家庭带来了不幸：我生下来，母亲晕过去半夜，才睁眼看见她的老儿子——感谢大姐，把我揣在怀中，致未冻死。

一岁半，我把父亲“克”死了。

兄不到十岁，三姐十二三岁，我才一岁半，全仗母亲独力抚养了。父亲的寡姐跟我们一块儿住，她吸鸦片，她喜摸纸牌，她的脾气极坏。为我们的衣食，母亲要给人家洗衣服、缝补或裁缝衣裳。在我的记忆中，她的手终年是鲜红微肿的。白天，她洗衣服，洗一两大绿瓦盆。她做事永远丝毫也不敷衍，就是屠户们送来的黑如铁的布袜，她也给洗得雪白。晚间，她与三姐抱着一盏油灯，还要缝补衣服，一直到半夜。她终年没有休息，可是在忙碌中她还把院子屋中收拾得清清爽爽。桌椅都是旧的，柜门的铜活久已残缺不全，可是她的手老使破桌面上没有尘土，残破的铜活发着光。院中，父亲遗留下的几盆石榴与夹竹桃，永远会得到应有的浇灌与爱护，年年夏天开许多花。

哥哥似乎没有同我玩耍过。有时候，他去读书；有时候，他去学徒；有时候，他也去卖花生或樱桃之类的小东西。母亲含着泪把他送走，不到两天，又含着泪接他回来。我不明白这都是什么事，而只觉得与他很生疏。与母亲相依为命的是我与三姐。因此，他们做事，我老在后面跟着。他们浇花，我也张罗着取水；他们扫地，我就撮土……从这里，我学得了爱花，爱清洁，守秩序。这些习惯至今还被我保存着。

有客人来，无论手中怎么窘，母亲也要设法弄一点东西去款待。舅父与表哥们往往是自己掏钱买酒肉食，这使她脸上羞得飞红，可是殷勤地给他们温酒做面，又给她一些喜悦。遇上亲友家中有喜丧事，母亲必把大褂洗得干干净净，亲自去贺吊——份礼也许只是两吊小钱。到如今如我的好客的习性，还未全改，尽管生活是这么清苦，因为自幼儿看惯了的事情是不易改掉的。

姑母常闹脾气。她单在鸡蛋里找骨头。她是我家中的阎王。直到我入了中学，她才死去，我可是没有看见母亲反抗过。“没受过婆婆的气，还不受大姑子的吗？命当如此！”母亲在非解释一下不足以平服别人的时候，才这样说。是的，命当如此。母亲活到老，穷到老，辛苦到老，全是命当如此。她最会吃亏。给亲友邻居帮忙，她总跑在前面：她会给婴儿洗三——穷朋友们可以因此少花一笔“请姥姥”钱——她会刮痧，她会给孩子们剃头，她会给少妇们绞脸……凡是她能做的，都有求必应。但是吵嘴打架，永远没有她。她宁吃亏，不斗气。当姑母死去的时候，母亲似乎把一世的委屈都哭了出来，一直哭到坟地。不知道哪里来的一位侄子，声称有承继权，母亲便一声不响，教他搬走那些破桌子烂板凳，而且把姑母养的一只肥母鸡也送给他。

可是，母亲并不软弱，父亲死在庚子闹“拳”的那一年。联军入城，挨家搜索财物鸡鸭，我们被搜两次。母亲拉着哥哥与三姐坐在墙根，等着“鬼子”进门，街门是开着的。“鬼子”进门，一刺刀先把老黄狗刺死，而后入室搜索。他们走后，母亲把破衣箱搬起，才发现了我。假若箱子不空，我早就被压死了。皇上跑了，丈夫死了，鬼子来了，满城是血光火焰，可是母亲不怕，她要在刺刀下，饥荒中，保护着儿女。北平有多少变乱啊，有时候兵变了，街市整条烧起，火团落在我们院中。有时候内战了，城门紧闭，铺店关门，昼夜响着枪炮。这惊恐，这紧张，再加上一家饮食的筹划，儿女安全的顾虑，岂是一个软弱的老寡妇所能受得起的？可是，在这种时候，母亲的心横起来，她不慌不哭，要从无办法中想出办法来。她的泪会往心中落！这点软而硬的性格，也传给了我。我对一切人与事，都取和平的态度，把吃亏看作当然的。但是，在做人上，我有一定的宗旨与基本的法则，什么事都可将就，而不能超过自己划好的界限。我怕见生人，怕办杂事，怕出头露面；但是到了非我去不可的时候，我便不敢不去，正像我的母亲。从私塾到小学，到中学，我经历过起码有廿位教师吧，其中有给我很大影响的，也有毫无影响的，但是我的真正的教师，把性格传给我的，是我的母亲。母亲并不识字，她给我的是生命的教育。

当我在小学毕了业的时候，亲友一致地愿意我去学手艺，好帮助母亲。我晓得我应当去找饭吃，以减轻母亲的勤劳困苦。可是，我也愿意升学。我偷偷地考入了师范学校——制服，饭食，书籍，宿处，都由学校供给。只有这样,我才敢对母亲说升学的话。入学,要交十元的保证金。这是一笔巨款！母亲作了半个月的难，把这巨款筹到，而后含泪把我送出门去。她不辞劳苦，只要儿子有出息。当我由师范毕业，而被派为小学校校长，母亲与我都一夜不曾合眼。我只说了句:“以后，您可以歇一歇了！”她的回答只有一串串的眼泪。我入学之后，三姐结了婚。母亲对儿女是都一样疼爱的，但是假若她也有点偏爱的话，她应当偏爱三姐，因为自父亲死后，家中一切的事情都是母亲和三姐共同撑持的。三姐是母亲的右手。但是母亲知道这右手必须割去，她不能为自己的便利而耽误了女儿的青春。当花轿来到我们的破门外的时候，母亲的手就和冰一样的凉，脸上没有血色——那是阴历四月，天气很暖。大家都怕她晕过去。可是，她挣扎着，咬着嘴唇，手扶着门框，看花轿徐徐地走去。不久，姑母死了。三姐已出嫁，哥哥不在家，我又住学校，家中只剩母亲自己。她还须自晓至晚地操作，可是终日没人和她说一句话。新年到了，正赶上政府倡用阳历，不许过旧年。除夕，我请了两小时的假。由拥挤不堪的街市回到清炉冷灶的家中。母亲笑了。及至听说我还须回校，她愣住了。半天，她才叹出一口气来。到我该走的时候，她递给我一些花生:“去吧，小子！”街上是那么热闹，我却什么也没看见，泪遮迷了我的眼。今天，泪又遮住了我的眼，又想起当日孤独地过那凄惨的除夕的慈母。可是慈母不会再候盼着我了，她已入了土！

儿女的生命是不依顺着父母所设下的轨道一直前进的，所以老人总免不了伤心。我二十三岁，母亲要我结了婚，我不要。我请来三姐给我说情，老母含泪点了头。我爱母亲，但是我给了她最大的打击。时代使我成为逆子。二十七岁，我上了英国。为了自己，我给六十多岁的老母以第二次打击。在她七十大寿的那一天，我还远在异域。那天，据姐姐们后来告诉我，老太太只喝了两口酒，很早地便睡下。她想念她的幼子，而不便说出来。

“七七”抗战后，我由济南逃出来。北平又像庚子那年似的被鬼子占据了，可是母亲日夜惦念的幼子却跑西南来。母亲怎样想念我，我可以想象得到，可是我不能回去。每逢接到家信，我总不敢马上拆看，我怕，怕，怕，怕有那不祥的消息。人，即使活到八九十岁，有母亲便可以多少还有点孩子气。失了慈母便像花插在瓶子里，虽然还有色有香，却失去了根。有母亲的人，心里是安定的。我怕，怕，怕家信中带来不好的消息，告诉我已是失了根的花草。

去年一年，我在家信中找不到关于老母的起居情况。我疑虑，害怕。我想象得到，若有不幸，家中念我流亡孤苦，或不忍相告。母亲的生日是在九月，我在八月半写去祝寿的信，算计着会在寿日之前到达。信中嘱咐千万把寿日的详情写来，使我不再疑虑。十二月二十六日，由文化劳军的大会上回来，我接到家信。我不敢拆读，就寝前，我拆开信，母亲已去世一年了！

生命是母亲给我的。我之能长大成人，是母亲的血汗灌养的。我之能成为一个不十分坏的人，是母亲感化的。我的性格、习惯，是母亲传给的。她一世未曾享过一天福，临死还吃的是粗粮。唉！还说什么呢？心痛！心痛！

宗月大师

在我小的时候，我因家贫而身体很弱。我九岁才入学。因家贫体弱，母亲有时候想教我去上学，又怕我受人家的欺侮，更怕交不上学费，所以一直到九岁我还不识一个字。说不定，我会一辈子也得不到读书的机会。因为母亲虽然知道读书的重要，可是每月间三四吊钱的学费，实在让她为难。母亲是最喜脸面的人。她迟疑不决，光阴又不等待着任何人，荒来荒去，我也许就长到十多岁了。一个十多岁的贫而不识字的孩子，很自然地是去做个小买卖——弄个小筐，卖些花生，煮豌豆，或樱桃什么的。要不然就是去学徒。母亲很爱我，但是假若我能去做学徒，或提篮沿街卖樱桃而每天赚几百钱，她或者就不会坚决地反对。穷困比爱心更有力量。

有一天刘大叔偶然地来了。我说“偶然地”，因为他不常来看我们。他是个极富的人，尽管他心中并无贫富之别，可是他的财富使他终日不得闲，几乎没有工夫来看穷朋友。一进门，他看见了我。“孩子几岁了？上学没有？”他问我的母亲。他的声音是那么洪亮（在酒后，他常以学喊俞振庭的《金钱豹》自傲），他的衣服是那么华丽，他的眼是那么亮，他的脸和手是那么白嫩肥胖，使我感到我大概是犯了什么罪。我们的小屋，破桌凳，土炕，几乎禁不住他的声音的震动。等我母亲回答完，刘大叔马上决定:“明天早上我来，带他上学，学钱、书籍，大姐你都不必管！”我的心跳起多高，谁知道上学是怎么一回事呢！

第二天，我像一条不体面的小狗似的，随着这位阔人去入学。学校是一家改良私塾，在离我的家有半里多地的一座道士庙里。庙不甚大，而充满了各种气味：一进山门先有一股大烟味，紧跟着便是糖精味（有一家熬制糖球糖块的作坊），再往里，是厕所味与别的臭味。学校是在大殿里。大殿两旁的小屋住着道士和道士的家眷。大殿里很黑，很冷。神像都用黄布挡着，供桌上摆着孔圣人的牌位。学生都面朝西坐着，一共有三十来人。西墙上有一块黑板——这是“改良”私塾。老师姓李，一位极死板而极有爱心的中年人。刘大叔和李老师“嚷”了一顿，而后教我拜圣人及老师。老师给了我一本《地球韵言》和一本《三字经》。我于是，就变成了学生。

自从做了学生以后，我时常到刘大叔的家中去。他的宅子有两个大院子，院中几十间房屋都是出廊的。院后，还有一座相当大的花园。宅子的左右前后全是他的房屋，若是把那些房子齐齐地排起来，可以占半条大街。此外，他还有几处铺店。每逢我去，他必招呼我吃饭，或给我一些我没有看见过的点心。他绝不以我为一个苦孩子而冷淡我，他是阔大爷，但是他不以富傲人。

在我由私塾转入公立学校去的时候，刘大叔又来帮忙。这时候，他的财产已大半出了手。他是阔大爷，他只懂得花钱，而不知道计算。人们吃他，他甘心教他们吃；人们骗他，他付之一笑。他的财产有一部分是卖掉的，也有一部分是被人骗了去的。他不管；他的笑声照旧是洪亮的。

到我在中学毕业的时候，他已一贫如洗，什么财产也没有了，只剩了那个后花园。不过，在这个时候，假若他肯用用心思，去调整他的产业，他还能有办法教自己丰衣足食，因为他的好多财产是被人家骗了去的。可是，他不肯去请律师。贫与富在他心中是完全一样的。假若在这时候，他要是不再随便花钱，他至少可以保住那座花园和城外的地产。可是，他好善。尽管他自己的儿女受着饥寒，尽管他自己受尽折磨，他还是去办贫儿学校、粥厂等慈善事业。他忘了自己。就是在这个时候，我和他过往最密。他办贫儿学校，我去作义务教师。他施舍粮米，我去帮忙调查及散放。在我的心里，我很明白：放粮放钱不过只足延长贫民的受苦难的日期，而不足以阻拦住死亡。但是，看刘大叔那么热心，那么真诚，我就顾不得和他辩论，而只好也出点力了。即使我和他辩论，我也不会得胜，人情是往往能战败理智的。

在我出国以前，刘大叔的儿子死了。而后，他的花园也出了手。他入庙为僧，夫人与小姐入庵为尼。由他的性格来说，他似乎势必走入避世学禅的一途。但是由他的生活习惯上来说，大家总以为他不过能念念经，布施布施僧道而已，而绝对不会受戒出家。他居然出了家。在以前，他吃的是山珍海味，穿的是绫罗绸缎。他也嫖也赌。现在，他每日一餐，入秋还穿着件夏布道袍。这样苦修，他的脸上还是红红的，笑声还是洪亮的。对佛学,他有多么深的认识,我不敢说。我却真知道他是个好和尚，他知道一点便去做一点，能做一点便做一点。他的学问也许不高，但是他所知道的都能见诸实行。

出家以后，他不久就做了一座大寺的方丈。可是没有好久就被驱逐出来。他是要做真和尚，所以他不惜变卖庙产去救济苦人。庙里不要这种方丈。一般地说，方丈的责任是要扩充庙产，而不是救苦救难的。离开大寺，他到一座没有任何产业的庙里做方丈。他自己既没有钱，他还须天天为僧众们找到斋吃。同时，他还举办粥厂等等慈善事业。他穷，他忙，他每日只进一顿简单的素餐，可是他的笑声还是那么洪亮。他的庙里不应佛事，赶到有人来请，他便领着僧众给人家去唪真经，不要报酬。他整天不在庙里，但是他并没忘了修持；他持戒越来越严，对经义也深有所获。他白天在各处筹钱办事，晚间在小室里做功夫。谁见到这位破和尚也不曾想到他会是个在金子里长起来的阔大爷。

去年，有一天他正给一位圆寂了的和尚念经，他忽然闭上了眼，就坐化了。火葬后，人们在他的身上发现许多舍利。

没有他，我也许一辈子也不会入学读书。没有他，我也许永远想不起帮助别人有什么乐趣与意义。他是不是真的成了佛？我不知道。但是，我的确相信他的居心与苦行是与佛极相近似的。我在精神上物质上都受过他的好处，现在我的确愿意他真的成了佛，并且盼望他以佛心引领我向善，正像在三十五年前，他拉着我去入私塾那样！

他是宗月大师。

买彩票

在我们那村里，抓会赌彩是自古有之。航空奖券，自然的，大受欢迎。头彩五十万，听听！二姐发起集股合作，首先拿出大洋二角。我自己先算了一卦，上吉，于是拿了四角。和二姐算计了好大半天，原来还短着九元四才够买一张的。我和她分头去宣传，五十万，五十万，五十个人分，每人还落一万，二角钱弄一万！举村若狂，连狗都听熟了“五十万”，凡是说“五十万”的，哪怕是生人，也立刻摇尾而不上前一口把腿咬住。闹了整一个星期；十元算是凑齐；我是最大的股员。三姥姥才拿了五分，和四姨五姨共同凑了一股；她们还立了一本账簿。

上哪里去买呢？还得算卦。二姐不信任我的诸葛金钱课，花了五大枚请王瞎子占了个马前神课……利东北。城里有四家代售处；利成记在城之东北；决议，到利成记去买。可是，利成是四家买卖中最小的一号，只卖卷烟煤油，万一把十元拐去，或是卖假券呢！又送了王瞎子五大枚，重新另占。西北也行，他说；不但是行，他细掐过手指，还比东北好呢！西北是恒祥记，大买卖，二姐出阁时的缎子红被还是那儿买的呢。

谁去买？又是个问题。按说我是头号股员，我应当跑一趟。可是我是属牛的，今年是鸡年，总得找属鸡的，还得是男性，女性丧气。只有李家小三是鸡年生的，平日那些属鸡的好像都变了，找不着一个。小三自己去太不放心啊，于是决定另派二员金命的男人妥为保护。挑了吉日，三位进城买票。

票买来了，谁拿着呢？我们村里的合作事业有个特点，谁也不信任谁。经过三天三夜的讨论，还是交给了三姥姥，年高虽不见得必有德，可是到底手脚不利落，不致私自逃跑。

直到开彩那天，大家谁也没睡好觉。以我自己说，得了头彩——还能不是我们得吗？！——就分两万，这两万怎么花？买处小房，好，房的地点，样式，怎么布置，想了半夜。不，不买房子，还是做买卖好，于是铺子的地点、形式、种类，怎么赚钱，赚了钱以后怎样发展，又是半夜。天上的星星，河边的水泡，都看着像洋钱。清晨的鸟鸣，夜半的虫声，都说着“五十万”。偶尔睡着，手按在胸上，梦见一堆现洋压在身上，连气也出不得！特意买了一副骨牌，为是随时打卦。打了坏卦，不算，另打；于是打的都是好卦，财是发准了。

开奖了。报上登出前五彩，没有我们背熟了的那一号。房子，铺子……随着汗全走了。等六彩七彩吧，头五奖没有，难道还不中个小六彩？又算了一卦，上吉；六彩是五百，弄几块做件夏布大衫也不坏。于是一边等着六彩七彩的揭露，一边重读前五彩的号数，替得奖的人们想着怎么花用的方法，未免有些羡妒，所以想着想着便想到得奖人的乐极生悲，也许被钱烧死；自己没得也好；自然自己得奖也不见得就烧死。无论怎说，心中有点发堵。

六彩七彩也登出来了，还是没咱们的事，这才想起对尾子，连尾子都和我们开玩笑，我们的是个“三”，大奖的偏偏是个“二”。没办法！

二姐和我是发起人呀！三姥姥向我们俩要索她的五分。没法不赔她。赔了她，别人的二角也无意虚掷。二姐这两天生病，她就是有这个本事，心里一想就会生病。剩下我自己打发大家的二角。打发完了，二姐的病也好了，我呢，昨天夜里睡得很清甜。

有了小孩以后

艺术家应以艺术为妻，实际上就是当一辈子光棍儿。在下闲暇无事，往往写些小说，虽一回还没自居过文艺家，却也感觉到家庭的累赘。每逢困于油盐酱醋的灾难中，就想到独人一身，自己吃饱便天下太平，岂不妙哉。

家庭之累，大半由儿女造成。先不用提教养的花费，只就淘气哭闹而言，已足使人心慌意乱。小女三岁，专会等我不在屋中，在我的稿子上画圈拉杠，且美其名曰“小济会写字”！把人要气没了脉，她到底还是有理！再不然，我刚想起一句好的，在脑中盘旋，自信足以愧死莎士比亚，假若能写出来的话。当是时也，小济拉拉我的肘，低声说：“上公园看猴？”于是我至今还未成莎士比亚。小儿一岁整，还不会“写字”，也不晓得去看猴，但善亲亲，闭眼，张口展览上下四个小牙。我若没事，请求他闭眼，露牙，小胖子总会东指西指地打岔。赶到我拿起笔来，他那一套全来了，不但亲脸，闭眼，还“指”令我也得表演这几招。有什么办法呢？！

这还算好的。赶到小济午后不睡，按着也不睡，那才难办。到这么四点来钟吧，她的困闹开始，到五点钟我已没有人味。什么也不对，连公园的猴都变成了臭的，而且猴之所以臭，也应当由我负责。小胖子也有这种困而不睡的时候，大概多数是与小济同时发难。两位小醉鬼一齐找毛病，我就是诸葛亮恐怕也得唱空城计，一点办法没有！在这种干等束手被擒的时候，偏偏会来一两封快信——催稿子！我也只好闹脾气了。不大一会儿，把太太也闹急了，一家大小四口，都成了醉鬼，其热闹至为惊人。大人声言离婚，小孩怎说怎不是，于离婚的争辩中瞎打混。一直到七点后，二位小天使已困得动不得，离婚的宣言才无形地撤销。这还算好的。遇上小胖子出牙，那才真叫厉害，不但白天没有情理，夜里还得上夜班。一会儿一醒，若被针扎了似的惊啼，他出牙，谁也不用打算睡。他的牙出利落了，大家全成了红眼虎。

不过，这一点也不妨碍家庭中爱的发展，人生的巧妙似乎就在这里。记得 Frank Harris[①]仿佛有过这么点记载：他说王尔德为那件不名誉的案子过堂被审，一开头他侃侃而谈，语多幽默。及至原告提出几个男妓做证人，王尔德没了脉，非失败不可了。Harris 以为王尔德必会说："我是个戏剧家，为观察人生，什么样的人都当交往。假若我不和这些人接触，我从哪里去找戏剧中的人物呢？"可是，王尔德竟自没这么答辩，官司就算输了！

把王尔德且放在一边；艺术家得多去经验，Harris 的意见，假若不是特为王尔德而发的，的确是不错。连家庭之累也是如此。还拿小孩们说吧——这才来到正题——爱他们吧，嫌他们吧，无论怎说，也是极可宝贵的经验。

在没有小孩的时候，一个人的世界还是未曾发现美洲的时候的。小孩是哥伦布，把人带到新大陆去。这个新大陆并不很远，就在熟悉的街道上和家里。你看，街市上给我预备的，在没有小孩的时候，似乎只有理发馆，饭铺，书店，邮政局等。我想不出婴儿医院，糖食店，玩具铺

---

① 弗兰克·哈里斯（1856—1931），爱尔兰裔美国作家、记者、编辑、出版家。著有五卷本自传《我的生活与爱》（*My Life and Loves*）。

等等的意义。连药房里的许许多多婴儿用的药和粉，报纸上婴儿自己药片的广告，百货店里的小袜子小鞋，都显着多此一举，劳而无功。及至小天使自天飞降，我的眼睛似乎戴上了一双放大镜，街市依然那样，跟我有关系的东西可是不知增加了多少倍！婴儿医院不但挂着牌子，敢情里边还有医生呢。不但有医生，还是挺神气，一点也得罪不得。拿着医生所给的神符，到药房去，敢情那些小瓶子小罐都有作用。不但要买瓶子里的白汁黄面和各色的药饼，还得买瓶子罐子，轧粉的钵，量奶的漏斗，乳头，卫生尿布，玩意儿多多了！百货店里那些小衣帽，小家具，也都有了意义；原先以为多此一举的东西，如今都成了非它不行；有时候铺中缺乏了我所要的那一件小物品，我还大有看不起他们的意思：既是百货店，怎能不预备这件东西呢？！慢慢地，全街上的铺子，除了金店与古玩铺，都有了我的足迹；连当铺也走得怪熟。铺中人也渐渐熟识了，甚至可以随便闲谈，以小孩为中心，谈得颇有味儿。伙计们，掌柜们，原来不仅是站柜做买卖，家中还有小孩呢！有的铺子，竟自敢允许我欠账，仿佛一有了小孩，我的人格也好了些，能被人信任。三节的账条来得很踊跃，使我明白了过节过年的时候怎样出汗。

小孩使世界扩大，使隐藏着的东西都显露出来。非有小孩不能明白这个。看着别人家的孩子，肥肥胖胖，整整齐齐，你总觉得小孩们理应如此，一生下来就戴着小帽，穿着小袄，好像小雏鸡生下来就披着一身黄绒似的。赶到自己有了小孩，才能晓得事情并不这么简单。一个小娃娃身上穿戴着全世界的工商业所能供给的，给全家人以一切啼笑爱怨的经验，小孩的确是位小活神仙！

有了小活神仙，家里才会热闹。窗台上，我一向认为是摆花的地方。夏天呢，开着窗，风儿轻轻吹动花与叶，屋中一阵阵的清香。冬天呢，阳光射到花上，使全屋中有些颜色与生气。后来，有了小孩，那些花盆很神秘地都不见了，窗台上满是瓶子罐子，数不清有多少。尿布有时候上了写字台，奶瓶倒在书架上。大扫除才有了意义，是的，到时候非痛痛快快地收拾一顿不可了，要不然东西就有把人埋起来的危险。上次大扫除的时候，我由床底下找到了但丁的《神曲》。不知道这老家伙干吗在那里藏着玩呢！

人的数目也增多了，而且有很多问题。在没有小孩的时候，用一个仆人就够了，现在至少得用俩。以前，仆人“拿糖”，满可以暂时不用；没人做饭，就外边去吃，谁也不用拿捏谁。有了小孩，这点豪气趁早收起去。三天没人洗尿布，屋里就不要再进来人。牛奶等项是非有人管理不可，有儿方知卫生难，奶瓶子一天就得烫五六次；没仆人简直不行！有仆人就得捣乱，没办法！

好多没办法的事都得马上有办法，小孩子不会等着“国联”慢慢解决儿童问题。这就长了经验。半夜里去买药，药铺的门上原来有个小口，可以交钱拿药，早先我就不晓得这一招。西药房里敢情也打价钱，不等他开口，我就提出：“还是四毛五？”这个“还是”使我省五分钱，而且落个行家。这又是一招。找老妈子有作坊，当票儿到期还可以入利延期，也都被我学会。没工夫细想，大概自从有了儿女以后，我所得的经验至少比一张大学文凭所能给我的多着许多。大学文凭是由课本里掏出来的，现在我却念着一本活书，没有头儿。

连我自己的身体现在都会变形，经小孩们的指挥，我得去装马装牛，还须装得像个样儿。不但装牛像牛，我也学会牛的忍性，小胖子觉得“开步走”有意思，我就得百走不厌；只做一回，绝对不行。多咱他改了主意，多咱我才能“立正”。在这里，我体验出母性的伟大，觉得打老婆的人们满该下狱。

中秋节前来了个老道，不要米，不要钱，只问有小孩没有。看见了小胖子，老道高了兴，说十四那天早晨须给小胖子左腕上系一根红线。备清水一碗，烧高香三炷，必能消灾除难。右邻家的老太太也出来看，老道问她有小孩没有，她惨淡地摇了摇头。到了十四那天，倒是这位老太太的提醒，小胖子的左腕上才拴了一圈红线。小孩子征服了老道与邻家老太太。一看胖手腕的红线，我觉得比写完一本伟大的作品还骄傲，于是上街买了两尊兔子王，感到老道，红线，兔子王，都有绝大的意义！

四位先生

吴组缃先生的猪

从青木关到歌乐山一带等处，在我所认识的文友中要算吴组缃先生最为阔绰。他养着一口小花猪。据说，这小动物的身价，值六百元！

每次我去访组缃先生，必附带地向小花猪致敬，因为我与组缃先生核计过了:假若他与我共同登广告卖身，大概也不会有人出六百元来买！

有一天，我又到吴宅去。给小江——组缃先生的少爷——买了几个比醋还酸的桃子。拿着点东西，好搭讪着骗顿饭吃，否则就太不好意思了。一进门，我看见吴太太的脸比晚日还红。我心里一想，便想到了小花猪。假若小花猪丢了，或是出了别的毛病，组缃先生的阔绰便马上不存在了！一打听，果然是为了小花猪：它已绝食一天了。我很着急，急中生智，主张给它点奎宁吃，恐怕是打摆子。大家都不赞同我的主张。我又建议把它抱到床上盖上被子睡一觉，出点汗也许就好了；焉知道不是感冒呢？这年月的猪比人还娇贵呀！大家还是不赞成。后来，把猪医生请来了。我颇兴奋，要看看猪怎么吃药。猪医生把一些草药包在竹筒的大厚皮儿里，使小花猪横衔着，两头向后束在脖子上：这样，药味与药汁便慢慢走入里边去。把药包儿束好，小花猪的口中好像生了两个翅膀，倒并不难看。

虽然吴宅有此骚动，我还是在那里吃了午饭——自然稍微地有点不得劲儿！

过了两天，我又去看小花猪——这回是专程探病，绝不为看别人；我知道现在猪的价值有多大——小花猪口中已无那个药包，而且也吃点东西了。大家都很高兴，我就又就棍打腿地骗了顿饭吃，并且提出声明：到冬天，得分给我几斤腊肉！组缃先生与太太没加任何考虑便答应了。吴太太说："几斤？十斤也行！想想看，那天它要是一病不起……"大家听罢，都出了冷汗！

马宗融先生的时间观念

马宗融先生的表大概是，我想是一个装饰品。无论约他开会，还是吃饭，他总迟到一个多钟头，他的表并不慢。

来重庆，他多半是住在白象街的作家书屋。有的说也罢，没的说也罢，他总要谈到夜里两三点钟。假若不是别人都困得不出一声了，他还想不起上床去。有人陪着他谈，他能一直坐到第二天夜里两点钟。表、月亮、太阳，都不能引起他注意到时间。

比如说吧，下午三点他须到观音岩去开会，到两点半他还毫无动静。"宗融兄，不是三点，有会吗？该走了吧？"有人这样提醒他，他马上去戴上帽子，提起那有茶碗口粗的木棒，向外走。"七点吃饭。早回来呀！"大家告诉他。他回答声"一定回来"，便匆匆地走出去。

到三点的时候，你若出去，你会看见马宗融先生在门口与一位老太婆，或是两个小学生，谈话儿呢！即使不是这样，他在五点以前也不会走到观音岩。路上每遇到一位熟人，便要谈，至少，十分钟的话。若遇上打架吵嘴的，他得过去解劝，还许把别人劝开，而他与另一位劝架的打起来！遇上某处起火，他得帮着去救。有人追赶扒手，他必然地加入，非捉到不可。看见某种新东西，他得过去问问价钱，不管买与不买。看到戏报子，马上他去借电话，问还有票没有……这样，他从白象街到观音岩，可以走一天，幸而他记得开会那件事，所以只走两三个钟头！到了开会的地方，即使大家已经散了会，他也得坐两点钟。他跟谁都谈得来，都谈得有趣，很亲切，很细腻。有人随便哼了一句二黄，他立刻请教给他；有人刚买一条绳子，他马上拿过来练习跳绳——五十岁了啊！

七点，他想起来回白象街吃饭，归路上，又照样地劝架、救火、追贼、问物价、打电话……至早，他在八点半左右走到目的地。满头大汗，三步当作两步走的，他走了进来，饭早已开过了。

所以，我们与友人定约会的时候，若说随便什么时间，早晨也好，晚上也好，反正我一天不出门，你哪时来也可以，我们便说“马宗融的时间吧”！

姚蓬子先生的砚台

作家书屋是个神秘的地方，不信你交到那里一份文稿，而三五日后再亲自去索回，你就必定不说我扯谎了。

进到书屋，十之八九你找不到书屋的主人——姚蓬子先生。他不定在哪里藏着呢。他的被褥是稿子，他的枕头是稿子，他的桌上、椅上、窗台上……全是稿子。简单地说吧，他被稿子埋起来了。当你要稿子的时候，你可以看见一个奇迹。假如说尊稿是十张纸写的吧，书屋主人会由枕头底下翻出两张，由裤袋里掏出三张，书架里找出两张，窗子上揭下一张，还欠两张。你别忙，他会由老鼠洞里拉出那两张，一点也不少！

单说蓬子先生的那块砚台，也足够惊人了！那是块无法形容的石砚。不圆不方，有许多角儿，有任何角度。有一点沿儿，豁口甚多，底子最奇，四周翘起，中间的一点凸出，如元宝之背，它会像陀螺似的在桌上乱转，还会一头高一头低地倾斜，如浪中之船。我老以为孙悟空就是由这块石头跳出去的！

到磨墨的时候，它会由桌子这一端滚到那一端，而且响如快跑的马车。我每晚十时必就寝，而对门儿书屋的主人要办事办到天亮。从十时到天亮，他至少研十次墨，一次比一次响——到夜最静的时候，大概连南岸都感到一点震动。从我到白象街起，我没做过一个好梦，刚一入梦，砚台来了一阵雷雨，梦为之断。在夏天，砚一响，我就起来拿臭虫。冬天可就不好办，只好咳嗽几声，使之闻之。

现在，我已交给作家书屋一本书，等到出版，我必定破费几十元，送给书屋主人一块平底的，不出声的砚台！

何容先生的戒烟

首先要声明：这里所说的烟是香烟，不是鸦片。

从武汉到重庆，我老同何容先生在一间屋子里，一直到前年八月间。在武汉的时候，我们都吸“大前门”或“使馆”牌；小大“英”似乎都不够味儿。到了重庆，小大“英”似乎变了质，越来越“够”味儿了，“前门”与“使馆”倒仿佛没了什么意思。慢慢地，“刀”牌与“哈德门”又变成我们的朋友，而与小大“英”，不管是谁的主动吧，好像冷淡得日甚一日。不久，“刀”牌与“哈德门”又与我们发生了意见，差不多要绝交的样子。何容先生就决心戒烟！

在他戒烟之前，我已声明过："先上吊，后戒烟！" 本来吗，"弃妇抛雏"地流亡在外，吃不敢进大三元，喝么也不过是清一色（黄酒贵，只好吃点白干），女友不敢去交，男友一律是穷光蛋，住是二人一室，睡是臭虫满床，再不吸两支香烟，还活着干吗？可是，一看何容先生戒烟，我到底受了感动，既觉自己无勇，又钦佩他的伟大；所以，他在屋里，我几乎不敢动手取烟，以免动摇他的坚决！

何容先生那天睡了十六个钟头，一支烟没吸！醒来，已是黄昏，他便独自走出去。我没敢陪他出去，怕不留神递给他一支烟，破了戒！掌灯之后，他回来了，满面红光，含着笑的，从口袋中掏出一包土产卷烟来。"你尝尝这个，"他客气地让我，"才一个铜板一支！有这个，似乎就不必戒烟了！没有必要！" 把烟接过来，我没敢说什么，怕伤了他的尊严。面对面的，把烟燃上，我俩细细地欣赏。头一口就惊人，冒的是黄烟，我以为他误把爆竹买来了！听了一会儿，还好，并没有爆炸，就放胆继续地吸。吸了不到四五口，我看见蚊子都争着向外边飞，我很高兴。既吸烟，又驱蚊，太可贵了！再吸几口之后，墙上又发现了臭虫，大概也要搬家，我更高兴了！吸到了半枝，何容先生与我也跑出去了，他低声地说："看样子，还得戒烟！"

何容先生二次戒烟，有半天之久。当天的下午，他买来了烟斗与烟叶。"几毛钱的烟叶，够吃三四天的，何必一定戒烟呢！" 他说。吸了几天的烟斗，他发现了：（一）不便携带；（二）不用力，抽不到；用力，烟油射在舌头上；（三）费洋火；（四）须天天收拾，麻烦！有此四弊，他就戒烟斗，而又吸上香烟了。"始作卷烟者。其无后乎！" 他说。

最近二年，何容先生不知戒了多少次烟了，而指头上始终是黄的。

我的理想家庭

一个二十多岁的小伙子，讲恋爱，讲革命，讲志愿，似乎天地之间，唯我独尊，简直想不到组织家庭——结婚既是爱的坟墓，家庭根本上是英雄好汉的累赘。及至过了三十，革命成功与否，事情好歹不论，反正领略够了人情世故，壮气就差点事儿了。虽然明知家庭之累，等于投胎为马为牛，可是人生总不过如此，多少也都得经验一番，既不坚持独身，结婚倒也还容易。于是发帖子请客，笑着开驶倒车，苦乐容或相抵，反正至少凑个热闹。到了四十，儿女已有二三，贫也好富也好，自己认头苦曳，对于年轻的朋友已经有好些个事儿说不到一处，而劝告他们老老实实地结婚，好早生儿养女，即是话不投缘的一例。到了这个年纪，设若还有理想，必是理想的家庭。倒退二十年，连这么一想也觉泄气。人生的矛盾可笑即在于此，年轻力壮，力求事事出轨，决不甘为火车；及至中年，心理的，生理的，种种理的什么什么，都使他不但非做火车不可，且做货车焉。把当初与现在一比较，判若两人，足够自己笑半天的！或有例外，实不多见。

明年我就四十了，已具说理想家庭的资格：大不必吹，盖亦自嘲。

我的理想家庭要有七间小平房：一间是客厅，古玩字画全非必要，只要几张很舒服宽松的椅子，一二小桌。一间书房，书籍不少，不管什么头版与古本，而都是我所爱读的。一张书桌，桌面是中国漆的，放上热茶杯不至烫成个圆白印儿。文具不讲究，可是都很好用，桌上老有一两枝鲜花，插在小瓶里。两间卧室，我独据一间，没有臭虫，而有一张极大极软的床。在这个床上，横睡直睡都可以，不论怎睡都一躺下就舒服合适，好像陷在棉花堆里，一点也不硬碰骨头。还有一间，是预备给客人住的。此外是一间厨房，一个厕所，没有下房，因为根本不预备用仆人。家中不要电话，不要播音机，不要留声机，不要麻将牌，不要风扇，不要保险柜。缺乏的东西本来很多，不过这几项是故意不要的，有人白送给我也不要。

院子必须很大，靠墙有几株小果木树。除了一块长方的土地，平坦无草，足够打开太极拳的，其他的地方就都种着花草——没有一种珍贵费事的，只求昌茂多花。屋中至少有一只花猫，院中至少也有一两盆金鱼；小树上悬着小笼，二三绿蝈蝈随意地鸣着。

这就该说到人了。屋子不多，又不要仆人，人口自然不能很多：一妻和一儿一女就正合适。先生管擦地板与玻璃，打扫院子，收拾花木，给鱼换水，给蝈蝈一两块绿王瓜或几个毛豆；并管上街送信买书等事宜。太太管做饭，女儿任助手——顶好是十二三岁，不准小也不准大，老是十二三岁。儿子顶好是三岁，既会讲话，又胖胖的会淘气。母女于做饭之外，就做点针线，看小弟弟。大件衣服拿到外边去洗，小件的随时自己涮一涮。

既然有这么多工作，自然就没有多少工夫去听戏看电影。不过在过生日的时候，全家就出去玩半天；接一位亲或友的老太太给看家。过生日什么的永远不请客受礼，亲友家送来的红白帖子，就一概扔在字纸篓里，除非那真需要帮助的，才送一些干礼去。到过节过年的时候，吃食从丰，而且可以买一通纸牌，大家打打“索儿胡”，赌铁蚕豆或花生米。

男的没有固定的职业；只是每天写点诗或小说，每千字卖上四五十元钱。女的也没事做，除了家务就读些书。儿女永不上学，由父母教给画图，唱歌，跳舞——乱蹦也算一种舞法——和文字，手工之类。等到他们长大，或者也会仗着绘画或写文章卖一点钱吃饭；不过这是后话，顶好暂且不提。

这一家子人，因为吃得简单干净，而一天到晚又不闲着，所以身体都很不坏。因为身体好，所以没有肝火，大家都不爱闹脾气。除了为小猫上房，金鱼甩子等事着急之外，谁也不急赤白脸的。

大家的相貌也都很体面，不令人望而生厌。衣服可并不讲究，都做得很结实朴素；永远不穿又臭又硬的皮鞋。男的很体面，可不露电影明星气；女的很健美，可不红唇卷毛的鼻子朝着天。孩子们都不卷着舌头说话，淘气而不讨厌。

这个家庭顶好是在北平，其次是成都或青岛，至坏也得在苏州。无论怎样吧，反正必须在中国，因为中国是顶文明顶平安的国家；理想的家庭必在理想的国内也。

读　书

若是学者才准念书，我就什么也不要说了。大概书不是专为学者预备的；那么，我可要多嘴了。

从我一生下来直到如今，没人盼望我成个学者；我永远喜欢服从多数人的意见。可是我爱念书。

书的种类很多，能和我有交情的可很少。我有决定念什么的全权；自幼儿我就会逃学，愣挨板子也不肯说我爱《三字经》和《百家姓》。对，《三字经》便可以代表一类——这类书，据我看，顶好在判了无期徒刑以后去念，反正活着也没多大味儿。这类书可真不少，不知道为什么；也许是犯无期徒刑罪的太多；要不然便是太少——我自己就常想杀些写这类书的人。我可是还没杀过一个，一来是因为——我才明白过来——写这样书的人敢情有好些已经死了，比如写《尚书》的那位李二哥。二来是因为现在还有些人专爱念这类书，我不便得罪人太多了。顶好，我看是不管别人；我不爱念的就不动好了。好在，我爸爸没希望我成个学者。

第二类书也与咱无缘：书上满是公式，没有一个“然而”和“所以”。据说，这类书里藏着打开宇宙秘密的小金钥匙。我倒久想明白点真理，如地是圆的之类；可是这种书别扭，它老瞪着我。书不老老实实地当本书，瞪人干吗呀？我不能受这个气！有一回，一位朋友给我一本《相对论原理》，他说：明白这个就什么都明白了。我下了决心去念这本宝贝书。读了两个“配纸”,我遇上了一个公式。我跟它“相对”了两点多钟！往后边一看，公式还多了去啦！我知道和它们“相对”下去，它们也许不在乎，我还活着不呢？

可是我对这类书，老有点敬意。这类书和第一类有些不同，我看得出。第一类书不是没法懂，而是懂了以后使我更糊涂。以我现在的理解力——比上我七岁的时候，我现在满可以做圣人了——我能明白“人之初，性本善”。明白完了，紧跟着就糊涂了；昨儿个晚上，我还挨了小女儿——玫瑰唇的小天使——一个嘴巴。我知道这个小天使性本不善，她才两岁。第二类书根本就看不懂，可是人家的纸上没印着一句废话；懂不懂的，人家不闹玄虚，它瞪我，或者我是该瞪。我的心这么一软，便把它好好放在书架上；好打好散，别太伤了和气。

这要说到第三类书了。其实这不该算一类；就这么算吧，顺嘴。这类书是这样的：名气挺大，念过的人总不肯说它坏，没念过的人老怪害羞地说将要念。譬如说《元曲》，太炎“先生”的文章，罗马的悲剧，辛克莱的小说,《大公报》——不知是哪儿出版的一本书——都算在这类里，这些书我也都拿起来过，随手便又放下了。这里还就属那本《大公报》有点劲。我不害羞，永远不说将要念。好些书的广告与威风是很大的，我只能承认那些广告做得不错，谁管它威风不威风呢。

“类”还多着呢，不便再说；有上面的三项也就足以证明我怎样的不高明了。该说读的方法。

怎样读书，在这里，是个自决的问题；我说我的，没勉强谁跟我学。第一，我读书没系统。借着什么，买着什么，遇着什么，就读什么。不懂的放下，使我糊涂的放下，没趣味的放下，不客气。我不能叫书管着我。

第二，读得很快，而不记住。书要都叫我记住，还要书干吗？书应该记住自己。对我，最讨厌的发问是：“那个典故是哪儿的呢？”“那句书是怎么来着？”我永不回答这样的考问，即使我记得。我又不是印刷机器养的，管你这一套！

读得快，因为我有时候跳过几页去。不合我的意，我就练习跳远。书要是不服气的话，来跳我呀！看侦探小说的时候，我先看最后的几页，省事。

第三，读完一本书，没有批评，谁也不告诉。一告诉就糟："嘿，你读《啼笑因缘》？”要大家都不读《啼笑因缘》，人家写它干吗呢？一批评就糟："尊家这点意见？”我不惹气。读完一本书再打通儿架，不上算。我有我的爱与不爱，存在我自己心里。我爱念什么就念，有什么心得我自己知道，这是种享受，虽然显得自私一点。

再说呢，我读书似乎只要求一点灵感。“印象甚佳”便是好书，我没工夫去细细分析它，所以根本便不能批评。“印象甚佳”有时候并不是全书的，而是书中的一段最入我的味；因为这一段使我对这全书有了好感；其实这一段的美或者正足以破坏了全体的美，但是我不去管；有一段叫我喜欢两天的，我就感谢不尽。因此，设若我真去批评，大概是高明不了。

第四，我不读自己的书，不愿谈论自己的书。“儿子是自己的好”，我还不晓得，因为自己还没有过儿子。有个小女儿，女儿能不能代表儿子，就不得而知。“老婆是别人的好”，我也不敢加以拥护，特别是在家里。但是我准知道，书是别人的好。别人的书自然未必都好，可是至少给我一点我不知道的东西。自己的，一提都头疼！自己的书和自己的运气，好像永远是一对儿累赘。

第五，哼，算了吧。

又是一年芳草绿

悲观有一样好处，它能叫人把事情都看轻了一些。这个可也就是我的坏处，它不起劲，不积极。您看我挺爱笑不是？因为我悲观。悲观，所以我不能板起面孔，大喊："孤——刘备！" 我不能这样。一想到这样，我就要把自己笑毛咕了。看着别人吹胡子瞪眼睛，我从脊梁沟上发麻，非笑不可。我笑别人，因为我看不起自己。别人笑我，我觉得应该；说得天好，我不过是脸上平润一点的猴子。我笑别人，往往招人不愿意；不是别人的量小，而是不像我这样稀松，这样悲观。

我打不起精神去积极地干，这是我的大毛病。可是我不懒，凡是我该做的我总想把它做了，纯为得点报酬养活自己与家里的人——往好了说，尽我的本分。我的悲观还没到想自杀的程度，不能不找点事做。有朝一日非死不可呢，那只好死喽，我有什么法儿呢？

这样，你瞧，我是无大志的人。我不想做皇上。最乐观的人才敢做皇上，我没这份胆气。

有人说我很幽默，不敢当。我不懂什么是幽默。假如一定问我，我只能说我觉得自己可笑，别人也可笑；我不比别人高，别人也不比我高。谁都有缺欠，谁都有可笑的地方。我跟谁都说得来，可是他得愿意跟我说；

他一定说他是圣人，叫我三跪九叩报门而进，我没这个瘾。我不教训别人，也不听别人的教训。幽默，据我这么想，不是嬉皮笑脸，死不要鼻子。

也不是怎股子劲儿，我成了个写家。我的朋友德成粮店的写账先生也是写家，我跟他同等，并且管他叫二哥。既是个写家，当然得写了。“风格即人”——还是“风格即驴”？——我是怎个人自然写怎样的文章了。于是有人管我叫幽默的写家。我不以这为荣，也不以这为辱。我写我的。卖得出去呢，多得个三头五块的，买什么吃不香呢。卖不出去呢，拉倒，我早知道指着写文章吃饭是不易的事。

稿子寄出去，有时候是肉包子打狗，一去不回头；连个回信也没有。这，咱只好幽默；多咱见着那个骗子再说，见着他，大概我们俩总有一个笑着去见阎王的。不过，这是不很多见的，要不怎么我还没想自杀呢。常见的事是这个，稿子登出去，酬金就睡着了，睡得还是挺香甜。直到我也睡着了，它忽然来了，仿佛故意吓人玩。数目也惊人，它能使我觉得自己不过值一毛五一斤，比猪肉还便宜呢。这个咱也不说什么，国难期间，大家都得受点苦，人家开铺子的也不容易，掌柜的吃肉，给咱点汤喝，就得念佛。是的，我是不能当皇上，焚书坑掌柜的，咱没那个狠心，你看这个劲儿！不过，有人想坑他们呢，我也不便拦着。

这么一来，可就有许多人看不起我。连好朋友都说：“伙计，你也硬正着点，说你是为人类而写作，说你是中国的高尔基；你太泄气了！”真的，我是泄气，我看高尔基的胡子可笑。他老人家那股子自卖自夸的劲儿，打死我也学不来。人类要等着我写文章才变体面了，那恐怕太晚了吧？我老觉得文学是有用的；拉长了说，它比任何东西都有用，都高明。可是往眼前说，它不如一尊高射炮，或一锅饭有用。我不能吆喝我的作品是“人类改造丸”。我也不相信把文学杀死便天下太平。我写就是了。

别人的批评呢？批评是有益处的。我爱着批评，它多少给我点益处；即使完全不对，不是还让我笑一笑吗？自己写的时候仿佛是蒸馒头呢，热气腾腾，莫名其妙。及至冷眼人一看，一定看出许多错儿来。我感谢这种指摘。说得不对呢，那是他的错儿，不干我的事。我永不驳辩，这似乎是胆儿小；可是也许是我的宽宏大量。我不便往自己脸上贴金。一件事总得由两面儿瞧，是不是?

对于我自己的作品，我不拿她们当作宝贝。是呀，当写作的时候，我是卖了力气，我想往好了写。可是一个人的天才与经验是有限的，谁也不敢保了老写得好，连荷马也有打盹的时候。有的人呢，每一拿笔便想到自己是但丁，是莎士比亚。这没有什么不可以的，天才须有自信的心。我可不敢这样，我的悲观使我看轻自己。我常想客观地估量估量自己的才力；这不易做到，我究竟不能像别人看我看得那样清楚；好吧，既不能十分看清楚了自己，也就不用装蒜。谦虚是必要的，可是装蒜也大可以不必。

对做人，我也是这样。我不希望自己是个完人，也不故意地招人家的骂。该求朋友的呢，就求；该给朋友做的呢，就做。做得好不好，咱们大家凭良心。所以我很和气，见着谁都能扯一套。可是，初次见面的人，我可是不大爱说话；特别是见着女人，我简直张不开口，我怕说错了话。在家里，我倒不十分怕太太。可是对别的女人老觉着恐慌，我不大明白妇女的心理；要是信口开河地说，我不定说出什么来呢，而妇女又爱挑眼。男人也有许多爱挑眼的，所以初次见面，我不大愿开口。我最不喜辩论，因为红着脖子粗着筋的太不幽默。我最不喜欢好吹腾的人，可并不拒绝与这样的人谈话；我不爱这样的人，但喜欢听他的吹。最好是听着他吹，吹着吹着连他自己也忘了吹到什么地方去，那才有趣。

可喜的是有好几位生朋友都这么说："没见着阁下的时候，总以为阁下有八十多岁了。敢情阁下并不老。"是的，虽然将奔四十的人，我倒还不老。因为对事轻淡，我心中不大藏着计划，做事也无须要手段，所以我能笑，爱笑；天真的笑多少显着年轻一些。我悲观，但是不愿老声老气的悲观，那近乎"虎事"。我愿意老年轻轻的，死的时候像朵春花将残似的那样哀而不伤。我就怕什么"权威"咧，"大家"咧，"大师"咧，等等老气横秋的字眼们。我爱小孩，花草，小猫，小狗，小鱼；这些都不“虎事”。偶尔看见个穿小马褂的“小大人”，我能难受半天，特别是那种所谓聪明的孩子，让我难过。比如说，一群小孩都在那儿看变戏法儿，我也在那儿，单会有那么一两个七八岁的小老头说:“这都是假的！”这叫我立刻走开，心里堵上一大块。世界确是更“文明”了，小孩也懂事懂得早了，可是我还愿意大家傻一点，特别是小孩。假若小猫刚生下来就会捕鼠，我就不再养猫，虽然它也许是个神猫。

我不大爱说自己，这多少近乎“吹”。人是不容易看清楚自己的。不过，刚过完了年，心中还慌着，叫我写“人生于世”，实在写不出，所以就近地拿自己当材料。万一将来我不得已而做了皇上呢，这篇东西也许成为史料，等着瞧吧。

谈幽默

“幽默”这个字在字典上有十来个不同的定义。还是把字典放下，让咱们随便谈吧。据我看，它首要的是一种心态。我们知道，有许多人是神经过敏的，每每以过度的感情看事，而不肯容人。这样人假若是文艺作家，他的作品中必含着强烈的刺激性，或牢骚，或伤感；他老看别人不顺眼，而愿使大家都随着他自己走，或是对自己的遭遇不满，而伤感地自怜。反之，幽默的人便不这样，他既不呼号叫骂，看别人都不是东西，也不顾影自怜，看自己如一活宝贝。他是由事事中看出可笑之点，而技巧地写出来。他自己看出人间的缺欠，也愿使别人看到。不但仅是看到，他还承认人类的缺欠；于是人人有可笑之处，他自己也非例外，再往大处一想，人寿百年，而企图无限，根本矛盾可笑。于是笑里带着同情，而幽默乃通于深奥。所以 Thackeray[①]说：“幽默的写家是要唤醒与指导你的爱心，怜悯，善意——你的恨恶不实在，假装，作伪——你的同情与弱者，穷者，被压迫者，不快乐者。”

① 威廉·梅克比斯·萨克雷（William Makepeace Thackeray，1811—1863），英国作家，代表作《名利场》。

Walpole[①]说："幽默者'看'事，悲剧家'觉'之。"这句话更能补证上面的一段。我们细心"看"事物，总可以发现些缺欠可笑之处；及至钉着坑儿去咂摸，便要悲观了。

我们应再进一步地问，除了上面这点说明，能不能再清楚一些地认识幽默呢？好吧，我们先拿出几个与它相近，而且往往与它相关的几个字，与它比一比，或者可以稍微使我们清楚一点。反语（irony），讽刺（satire），机智（wit），滑稽剧（farce），奇趣（whimsicality），这几个字都和幽默有相当的关系。我们先说那个最难讲的——奇趣。这个字在应用上是很松泛的，无论什么样子的打趣与奇想都可以用这个字来表示，《西游记》的奇事，《镜花缘》中的冒险，《庄子》的寓言，都可以叫作奇趣。可是，在分析文艺品类的时候，往往以奇趣与幽默放在一处，如《现代小说的研究》的著者 Marble[②]便把 whimsicality and humour[③]作为一类。这大概是因为奇趣的范围很广，为方便起见，就把幽默也加了进去。一般地说，幻想的作品——即使是别有目的——不能不利用幽默，以便使文字生动有趣；所以这二者——奇趣与幽默——就往往成了一家人。这个，简直不但不能帮忙我们看明何为幽默，反倒使我更糊涂了。不过，有一点可是很清楚：就是文字要生动有趣，必须利用幽默。在这里，我们没弄清幽默是什么，可是明白幽默很重要的一个效用。假若干燥，晦涩，无趣，是文艺的致命伤，幽默便有了很大的重要；这就是它之所以成为文艺的因素之一的缘故吧。

至于反语，便和幽默有些不同了；虽然它俩还是可以联合在一处的东西。反语是暗示出一种冲突。这就是说，一句中有两个相反的意思，所要说的真意却不在话内，而是暗示出来的。《史记》上载着这么回事：

---

① 贺拉斯·瓦尔浦尔（Horace Walpole，1717—1797），英国作家，代表作《奥特朗托城堡》。

② 马布尔。

③ 奇趣和幽默。

秦始皇要修个大园子，优旃对他说：“好哇，多多搜集飞禽走兽，等敌人从东方来的时候，就叫麋鹿去挡一阵，满好！”这个话，在表面上，是顺着始皇的意思说的。可是咱们和始皇都能听出其中的真意；不管咱们怎样吧，反正始皇就没再提造园的事。优旃的话便是反语。它比幽默要轻妙冷静一些。它也能引起我们的笑，可是得明白了它的真意以后才能笑。它在文艺中，特别是小品文中，是风格轻妙，引人微笑的助成者。据会古希腊语的说：这个字原意便是“说”，以别于“意”。因此，这个字还有个较实在的用处——在文艺中描写人生的矛盾与冲突，直以此字的含意用之人生上，而不只在文字上声东击西。在悲剧中，或小说中，聪明的人每每落在自己的陷阱里，聪明反被聪明误；这个，和与此相类的矛盾，普遍被称为Sophoclean irony[①]。不过，这与幽默是没什么关系的。

现在说讽刺。讽刺必须幽默，但它比幽默厉害。它必须用极锐利的口吻说出来，给人一种极强烈的冷嘲；它不使我们痛快地笑，而是使我们淡淡地一笑，笑完因反省而面红过耳。讽刺家故意的使我们不同情于他所描写的人或事。在它的领域里，反语的应用似乎较多于幽默，因为反语也是冷静的。讽刺家的心态好似是看透了这个世界，而去极巧妙的攻击人类的短处，如《海外轩渠录》，如《镜花缘》中的一部分，都是这种心态的表现。幽默者的心是热的，讽刺家的心是冷的；因此，讽刺多是破坏的。马克·吐温（Mark Twain）可以被人形容作：“粗壮，心宽，有天赋的用字之才，使我们一齐发笑。他以草原的野火与西方的泥土建设起他的真实的罗曼司，指示给我们，在一切重要之点上我们都是一样的。”这是个幽默者。让咱们来看看讽刺家是什么样子吧。好，看看Swift[②]这个家伙；当他赞美自己的作品时，他这么说：“好上帝。我写那

① 索福克勒斯式的反语。索福克勒斯是古希腊剧作家，古希腊三大悲剧诗人之一。

② 乔纳森·斯威夫特（Jonathan Swift，1667—1745），英国讽刺作家，代表作《格列佛游记》。

本书的时候，我是何等的一个天才呀！”在他廿六岁的时候，他希望他的诗能够：“每一行会刺，会炸，像短刃与火。”是的，幽默与讽刺二者常常在一块儿露面，不易分划开；可是，幽默者与讽刺家的心态，大体上是有很清楚的区别的。幽默者有个热心肠儿，讽刺家则时常由婉刺而进为笑骂与嘲弄。在文艺的形式上也可以看出二者的区别来：作品可以整个的叫作讽刺，一出戏或一部小说都可以在书名下注明 a satire。幽默不能这样。“幽默的”至多不过是形容作品的可笑，并不足以说明内容的含意如何。“一个讽刺”——a satire——则分明是有计划的，整本大套地讥讽或嘲骂。一本讽刺的戏剧或小说，必有个道德的目的，以笑来矫正或诛伐。幽默的作品也能有道德的目的，但不必一定如此。讽刺因道德目的而必须毒辣不留情，幽默则宽泛一些，也就宽厚一些，它可以讽刺，也可以不讽刺，一高兴还可以什么也不为而只求和大家笑一场。

机智是什么呢？它是用极聪明的，极锐利的言语，来道出像格言似的东西，使人读了心跳。中国的老子庄子都有这种聪明。讽刺已经很厉害了，可到底要设法从旁面攻击；至于机智则是劈面一刀，登时见血。“圣人不死，大盗不止！”这才够味儿。不论这个道理如何，它的说法的锐敏就够使人跳起来的了。有机智的人大概是看出一条真理，便毫不含糊地写出来；幽默的人是看出可笑的事而技巧地写出来；前者纯用理智，后者则赖想象来帮忙。Chesterton[①]说：“在事物中看出一贯的，是有机智的。在事物中看出不一贯的，是个幽默者。”这样，机智的应用，自然在讽刺中比在幽默中多，因为幽默者的心态较为温厚，而讽刺与机智则要显出个人思想的优越。

滑稽戏——farce——在中国的老话儿里应叫作“闹戏”，如《瞎子

① 吉尔伯特·基思·切斯特顿（Gilbert Keith Chesterton，1874—1936），英国小说家、诗人、新闻记者，代表作有“布朗神父探案”系列，首开以犯罪心理学方式推理案情之先河。

逛灯》之类。这种东西没有多少意思，不过是充分地做出可笑的局面，引人发笑。在影戏的短片中，什么把一套碟子都摔在头上，什么把汽车开进墙里去，就是这种东西。这是幽默发了疯；它抓住幽默的一点原理与技巧而充分地去发展，不管别的，只管逗笑，假若机智是感诉理智的，闹戏则仗着身体的摔打乱闹。喜剧批评生命，闹戏是故意招笑。假若幽默也可以分等的话，这是最下级的幽默。因为它要摔打乱闹的行动，所以在舞台上较易表现；在小说与诗中几乎没有什么地位。不过，在近代幽默短篇小说里往往只为逗笑，而忽略了——或根本缺乏——那“笑的哲人”的态度。这种作品使我们笑得肚痛，但是除了对读者的身体也许有点益处——笑为化食糖呀——而外，恐怕任什么也没有了。

有上面这一点粗略的分析，我们现在或者清楚一些了：反语是似是而非，借此说彼；幽默有时候也有弦外之音，但不必老这个样子。讽刺是文艺的一格，诗，戏剧，小说，都可以整篇的被呼为 a satire；幽默在态度上没有讽刺这样厉害，在文体上也不这样严整。机智是将世事人心放在 X 光线下照透，幽默则不带这种超越的态度，而似乎把人都看成兄弟，大家都有短处。闹戏是幽默的一种，但不甚高明。

拿几句话作例子，也许就更能清楚一些。

今天贴了标语，明天中国就强起来——反语。

君子国的标语：“之乎者也”——讽刺。

标语是弱者的广告——机智。

张三把“提倡国货”的标语贴在祖坟上——滑稽；再加上些贴标语时怎样摔跟头等等招笑的行动，就成了闹戏。

张三把“打倒帝国主义走狗”贴成“走狗打倒帝国主义”——幽默；这个张三贴一天的标语也许才挣三毛小洋，贴错了当然要受罚；我们笑这种贴法，可是很可怜张三。

这几个例子摆在纸面上也许能帮助我们分别地认清它们，但在事实上是不易这样分划开的。从性质上说，机智与讽刺不易分开，讽刺也有时候要利用闹戏；至于幽默，就更难独立。从一篇文章上说，一篇幽默的文字也许利用各种方法，很难纯粹。我们简直可以把这些都包括在幽默之内，而把它们看成各种手法与情调。我们这样分析它们与其说是为从形式上分别得清楚，还不如说是为表明幽默——大概地说——有它特具的心态。

所谓幽默的心态就是一视同仁的好笑的心态。有这种心态的人虽不必是个艺术家，他还是能在行为上言语上思想上表现出这个幽默态度。这种态度是人生里很可宝贵的，因为它表现着心怀宽大。一个会笑，而且能笑自己的人，决不会为件小事而急躁怀恨。往小了说，他决不会因为自己的孩子挨了邻儿一拳，而去打邻儿的爸爸。往大了说，他决不会因为战胜政敌而去请清兵。褊狭，自是，是“四海兄弟”这个理想的大障碍；幽默专治此病。嬉皮笑脸并非幽默；和颜悦色，心宽气朗，才是幽默。一个幽默写家对于世事，如入异国观光，事事有趣。他指出世人的愚笨可怜，也指出那可爱的小古怪地点。世上最伟大的人，最有理想的人，也许正是最愚而可笑的人，吉诃德先生即一好例。幽默的写家会同情于一个满街追帽子的大胖子，也同情——因为他明白——那攻打风磨的愚人的真诚与伟大。

梦想的文艺

我盼望总会有那么一天，我可以随便到世界任何地方去，而没有人偷偷地跟在我的背后，没有人盘问我到哪里去和干什么去，也没有人检查我的行李。那就是我的理想世界！在那个世界里，我爱写什么便写什么，正如同我爱到何处去便到何处那样。我相信，在那个世界里，文艺将是讲绝对的真理的，既不忌讳什么而吞吞吐吐，也不因遵守标语口号而把某一帮一行的片面，当作真理。那时候，我的笔下对真理负责，而不帮着张三或李四去辩论曲直是非——他们俩最好找律师去解决那些鸡毛蒜皮的事。

那时候，我若到了德国，便直言无隐地告诉德国人，他们招待客人还太拘形式，使我感到不舒服。（德国人在那时候当然已早忘了制造战争，而很忠诚地制造阿司匹林。）他们听了并不生气，而赶快去研究怎样可以不拘形式而把客人招待得从心眼里觉得安逸。同样的，我可以在伦敦讽刺英国的士大夫：他们为什么那样注意戴礼帽，拿雨伞，而不设法去消灭或减少伦敦的黑雾。那些有幽默感的英国人笑着接受了我的暗示，于是国会决议：每天起飞五千架重轰炸机往下撒极细的沙子，把黑雾过滤成白雾，而伦敦市民就一律因此增寿十年。

我的笔将是温和的，微微含笑的，不发气的，写出聪明的合理的话。

我不必粗脖子红脸地叫喊什么，那样是会使文字粗糙，失去美丽的。我不必顾虑我的话会引来棍棒与砖头，除非我是说了谎或乱骂了人。那时候的社会上求真的习尚，使写家必须像先知似的说出警告，那时候人们的审美力的提高，使作家必须唱出他的话语，像春莺似的美妙。

昨天我听见一个四十多岁的汉子，对一个十九岁的学生说：

“你要真理？我的话便是真理！听从我的话便是听从真理！我这个真理会教你有衣有食，有津贴好拿！在我的真理以外，你要想另找一个，你便会找到监狱，毒刑，死亡！想想看，你才十九岁，青春多么可爱呀！”

这几句话使我颤抖了好大半天。我不晓得那个十九岁的孩子后来怎样回答，我一声没出。我可是愿意说出我的愿望，尽管那个愿望是永不会实现的梦想！

老舍年谱

1899年2月3日（阴历腊月二十三），老舍生于北京护国寺附近小羊圈胡同里的一个穷旗人家庭，姓舒，本名庆春。父亲永寿是一名守卫紫禁城的护军，母亲舒马氏，家里还有三个姐姐和一个哥哥。

1900年，八国联军入侵北京，父亲在战斗中殉国；意大利军人闯入家中时，熟睡中的老舍因被箱子倒扣住，幸免于难。此后由寡母抚养长大。

1908年，得“善人”刘寿绵资助，始入私塾。

1913年，考入京师第三中学，数月后因经济困难退学，同年考取公费的北京师范学校。

1918年，毕业后被派任到方家胡同小学当校长。

1920年，晋升为京师教育局北郊劝学员，因不肯混迹于学务管理界，辞去了这份待遇优厚的职务，重新回到学校教书。

1921年，在《海外新声》上发表白话短篇小说《她的失败》，署名“舍予”，这是迄今为止发现的老舍最早的一篇作品，仅有700字。

1922年，受洗加入基督教，后任天津南开中学教员、北京地方服务团干事等职。

1923年，在《南开季刊》发表短篇小说《小铃儿》。

1924年，被推荐去英国伦敦大学东方学院任华语讲师。在校期间帮助翻译家克莱门特·埃杰顿将中国古典名著《金瓶梅》翻译成英文。

1926年，在国内的《小说月报》上连载长篇小说《老张的哲学》，第1期署名"舒庆春"，第2期起改"老舍"。此后陆续发表了长篇小说《赵子曰》《二马》等。

1929年秋至1930年2月底，离英回国。其间在新加坡滞留，担任中学教师，并进行《小坡的生日》的创作。

1930年，到济南齐鲁大学任国学研究所文学主任兼文学院文学教授，后围绕济南"五卅"惨案创作长篇小说《大明湖》，未及出版，书稿即被战火焚毁。

1931年4月，与胡絜青订婚，同年举行婚礼。婚后携妻赴济南任教。

1932年，创作《猫城记》。

1933年，长篇小说《离婚》出版。

1934年，任山东大学中国文学系教授。

1935年，创作中篇小说《月牙儿》。

1936年，辞去山东大学教授一职，专心从事写作。同年，完成长篇小说《骆驼祥子》。

1937年，回齐鲁大学任教。同年"卢沟桥事变"爆发，11月，告别济南的妻小，赴武汉从事抗战宣传工作。

1938年3月27日，"中华全国文艺界抗敌协会"成立，4月4日，老舍当选常务理事和总务部主任，主持文协工作直至抗战胜利。

1938年7月，随文协从武汉迁往重庆。

1939年7月至12月，随作家战地访问团北路慰劳团从重庆出发，途经成都、绵阳、剑阁、广元、汉中、宝鸡、西安、潼关、洛阳、南阳、榆林、延安、平凉、兰州等地，劳军慰民，察访战时国情，在延安曾与毛泽东会面。

1940 年，创作长诗《剑北篇》、话剧《张自忠》等作品。

1941 年 8 月至 11 月，赴昆明考察文协云南分会。

1942 年 4 月，完成话剧《归去来兮》等作品。

1943 年，与赵清阁合作完成话剧《桃李春风》。

1943 年年底，胡絜青携子女赴重庆与老舍团聚。随后，老舍开始创作长篇小说《火葬》和《四世同堂》。

1944 年 4 月 17 日，重庆抗战文化界举行老舍创作 20 周年纪念会。

1945 年 7 月，《骆驼祥子》更名《洋车夫》在美国出版，成为当年纽约读书俱乐部"每月一书"推荐的畅销书。

1946 年 3 月，应美国国务院之邀，老舍和曹禺赴美讲学。其间，在诺贝尔文学奖获得者赛珍珠的帮助下，向法院起诉，对《骆驼祥子》一书进行了维权。

1947 年，定居纽约，开始创作长篇小说《四世同堂》的第三部《饥荒》和长篇小说《鼓书艺人》。

1948 年，协助艾达·浦爱德将《四世同堂》翻译成英文。

1949 年年初，将长篇小说《鼓书艺人》翻译成英文。其间还完成了英文话剧《五虎断魂枪》及将《离婚》《牛天赐传》翻译成英文。

1949 年，收到郭沫若、茅盾、周扬、丁玲、冯雪峰、巴金、冯乃超、阳翰笙等人的联名回国邀请信。乘"威尔逊总统号"轮船离开美国，于 12 月回国。

1950 年，中国民间文艺研究会成立，任副理事长。

1951 年，《四世同堂》由哈科克和布雷斯公司出版，英文版更名为《黄色风暴》，继《骆驼祥子》之后，再一次成为"每月一书"推荐的畅销书，并被《星期六文学评论》誉为"二战以来中国出版的最好小说之一""美国同一时期所出版的最优秀的小说之一"。

1951 年 12 月，由于创作话剧《龙须沟》，北京市人民政府授予老舍"人民艺术家"称号。

1952 年，为配合“三反五反运动”，创作了话剧《春华秋实》。

1952 年，美国哈科克和布雷斯公司出版《鼓书艺人》英译本。

1953 年，当选为中国文学艺术界联合会第二届全国委员会委员、中国作家协会副主席。

1956 年，改编创作了京剧《十五贯》，并创作话剧《茶馆》。同年年底，作为中国作家代表团副团长参加在印度新德里举行的亚洲作家会议。

1963 年，鉴于当时的文艺空气停止了长篇小说《正红旗下》的创作。

1965 年 3 月至 4 月，以老舍为团长的中国作家代表团访问日本，会见了日本作家中岛健藏、志贺直哉、川端康成、水上勉等人。

1966 年春，在几次下乡的基础上，创作了话剧《在红旗下》。

1966 年 5 月，“无产阶级文化大革命”爆发。8 月 23 日，老舍到文联参加活动时，惨遭批斗和毒打。

1966 年 8 月 24 日，自沉于太平湖，享年 67 岁。

1978 年，得到平反，恢复“人民艺术家”的称号。在八宝山革命公墓举行骨灰安放仪式，象征性的墓碑上刻写着老舍的一句话：“文艺界尽责的小卒，睡在这里。”

在喧嚣的世界里，
坚持以匠人心态认认真真打磨每一本书，
坚持为读者提供
有用、有趣、有品位、有价值的阅读。
愿我们在阅读中相知相遇，在阅读中成长蜕变！

好读，只为优质阅读。

茶馆

策划出品：好读文化
监　　制：姚常伟
产品经理：罗　元
特约编辑：牛　雪
装帧设计：所以设计馆
内文制作：尚春苓
责任编辑：祝含瑶

图书在版编目（CIP）数据

茶馆 / 老舍著 . —杭州：浙江人民出版社，2021.12

ISBN 978-7-213-10271-4

Ⅰ . ①茶… Ⅱ . ①老… Ⅲ . ①话剧剧本—中国—现代 Ⅳ . ① I234

中国版本图书馆 CIP 数据核字（2021）第 169787 号

茶馆

CHAGUAN

老舍　著

出版发行	浙江人民出版社（杭州市体育场路 347 号　邮编　310006）
责任编辑	祝含瑶
责任校对	朱　妍
封面设计	所以设计馆
电脑制版	尚春苓
印　　刷	河北鹏润印刷有限公司
开　　本	840 毫米 ×1194 毫米　1/32
印　　张	8
字　　数	220 千字
版　　次	2021 年 12 月第 1 版
印　　次	2021 年 12 月第 1 次印刷
书　　号	ISBN 978-7-213-10271-4
定　　价	35.00 元